度
イラスト
羽田
JN037988
たりの時間、言い訳の五千円～
3

Contents

週に一度クラスメイトを買う話３
～ふたりの時間、言い訳の五千円～

羽田宇佐

ファンタジア文庫

3366

口絵・本文イラスト　U35

週に一度クラスメイトを買う話3

～ふたりの時間、言い訳の五千円～

羽田宇佐
USA HANEDA
イラスト／U35

第1話　仙台《せんだい》さんのせいで眠れない

じっと見たつもりはない。

なんとなく見ていただけで他意はなかったはずだけれど、仙台さんはブラウスの上から二つ目のボタンを外さなかった。

いつもの放課後、いつもの部屋。

仙台さんだけが違う。

彼女は学校ではブラウスの一番上のボタンだけを外しているけれど、私の部屋へ来ると、まるでそういう規則があるみたいに上から二つ目のボタンも外す。でも、今は二つ目のボタンが留められたままだ。

落ち着かない。

ボタンが外されない理由を探すなら、〝いつもとは違うことをした夏休み〟を過ごしたせいだと思う。

休みの日は会わない。

そういうルールを作った仙台さんがそのルールを変え、夏休みに〝家庭教師〟として私の家へ来た。

その変えられたルールは、週に三回という頻度で仙台さんと会う夏休みを作りだし、勉強をするという目的以外のことまで作り出した。

仙台さんの家へ行ったり、彼女と友だちごっこをしたり、行き過ぎた命令をしたり。

二人で勉強だけをするはずが、普段はしないことをいくつもしてしまった。

「今日の命令は？」

並んで座れるサイズのテーブルの向かい側から声が聞こえて、彼女を見る。

この前、この部屋に来た仙台さんは今日と同じように上から二つ目のボタンを外さなかった。でも、夏休みが終わり、九月に入って初めて会った日は外していた。

仙台さんがボタンを外したり、外さなかったりするから、気になって仕方がない。この前はなにも言わずに見逃してあげたけれど、こんなことが続くと夏休みのことをまだ意識しているみたいで、仙台さんの隣にいつまでたっても座れない。

こうして会うのも新学期に入ってから三度目になるのだから、そろそろ仙台さんはいつもと同じようにするべきだ。

「ボタン外して」

いつもと違う仙台さんを、いつもと同じ仙台さんに戻すための命令を口にする。

「ボタン？」

「ブラウスのボタン」

「宮城《みやぎ》のすけべ」

予想していなかった答えが返ってくるが、おそらく言葉が正しく伝わっていない。彼女はたぶん誤解している。

「そういう意味じゃないから」

仙台さんの勘違いを正す言葉を口にする。

「そういう意味って？」

「全部外さなくていいってこと。大体、ボタン外せって言ったら全部だと思うほうがエロいじゃん」

「全部外せっていう命令だと思ったとは言ってない」

「言ってないけど、思ったんでしょ」

畳みかけるように言うと、仙台さんが「そうだけど」と認めて言葉を続ける。

「じゃあ、全部じゃないならいくつ外せばいいの？」

「一つ。上から二番目のボタン外してよ」

「……外さなきゃいけない理由は？」

「仙台さん、いつもここに来たら二番目のボタン外すじゃん」

「外してほしいなら、人のことじっと見るのやめなよ」

「見てない」

「この前来たときも見てたくせに」

「見てない」

仙台さんの正確ではない言葉を正す。

私は、じっと、は見たつもりはない。

この前だって見ていないはずだ。

「まあ、そこまで言うなら見てないってことにしてもいいけど。で、ボタン一つ外せばいいの？」

仙台さんが念を押すように言って私を見る。

二つ外せって言ったって外さないくせに。

上から三つ目のボタンは流動的なもので、外すことが許されるときと許されないときがある。今日はどちらの日か知らないけれど、外してほしいわけではないし、外してくれるとも思えない。

「仙台さんがボタンを何個外したいのか知らないけど、二つも三つも外さなくていいから」

「それならいいけど」

軽い口調で言ったわりに、仙台さんはボタンを外そうとしない。

「命令。早く外して」

そう言うと、留められたままだったボタンがやっと外れる。

「これでいい？」

「いいよ」

学校とは違って、ボタンが上から二つ目まで外されたブラウスを着た仙台さんは、私がこの部屋で見るいつもの仙台さんだ。でも、違和感が残っていて、夏休みの前とは違って見える。凝視するわけにはいかないけれど、彼女から視線を外せない。間違い探しのようにじっと見てしまう。

「なに？」

怪訝《けげん》そうな声が聞こえてくる。

こういうときの反応はいつもと同じだ。

違和感の正体が摑《つか》めないというのは気持ちが悪い。

「また髪やってあげようか？」

黙り込んでいる私にかけられた言葉が引っかかる。

九月になって初めて仙台さんを呼んだ日に髪を編んでもらった。

でも、違和感の正体はそれじゃない。

私は仙台さんの髪を見る。

制服とセットになっているのは今日のように髪をハーフアップにしている仙台さんだから、今の仙台さんは〝いつもの仙台さん〟だ。でも、夏休み中の彼女は髪をほどいていることが多かったから、記憶がぶれる。それが違和感に繋《つな》がっているのだと思う。

「私の髪はいいから、仙台さん髪ほどいてよ」

「なんで？」

「なんででも。命令だし、ほどくくらい簡単でしょ」

そうだけど、と言いながら、仙台さんが髪をほどく。ずっと編まれていたせいか、私の髪よりも茶色い髪は真《ま》っ直《す》ぐにはならない。夏休みとは違って緩やかなウェーブがかかっているけれど、私の中で夏休みと今が丁度よく混じり合う。

「あとは、いつもみたいにしてて」

命令したいことがなくなって、残りの時間を仙台さんに丸投げする。

「いつもみたいにってなに」

「なにか喋《しゃべ》ってよ」

「なにかって、なんでもいいの？」

「なんでもいいよ」

「そーだなあ」

仙台さんがうーんと唸《うな》る。

彼女が考え込んでいる間に、意識が夏休みの記憶に向かう。

八月三十一日。

いつもとは違うことをした夏休み最後の日。

あの日の出来事を忘れないようになんて、私の中のカレンダーに印を付けた覚えはない。

それでも夏休み最後の日にあったことは記憶に残っている。押し倒されたわけでも、自分から倒れたわけでもないのに、私の背中が床について、視界が仙台さんでいっぱいになった。彼女の唇が私に触れ、手も触れた。ようするに、私たちは〝セックスはしない〟というルールを破りかけた。

「じゃあ、一つ質問」

仙台さんの明るい声に、夏休みの記憶から現実に引き戻される。

「宮城、大学どこ受けるの？　この時期に決まってないってことはないでしょ」

なんでもいいと言ったけれど、これはいい質問じゃない。

あまり触れられたくない話題で、思わず眉間に皺《しわ》が寄る。

たぶん、仙台さんは私がこの話をしたくないと知っていて聞いてきている。

「なにか話せって言ったの宮城なんだから、答えなよ」

受ける大学はなんとなく決めただけだから、なんとなく言いにくいだけで、進路なんて隠すほどのものじゃない。それに黙っていてもいずれわかることだ。

私は話題を限定しなかったことを後悔しながら、地元の大学を口にする。

「仙台さんは？」

聞きたいわけではないけれど、聞かなければ間が持たない。

「県外の大学」

素っ気なく言って、仙台さんが大学名を付け加えた。

「それ、本気で言ってる？」

彼女が口にした大学は、ちょっと頭がいいくらいじゃ受からない大学だ。私の知る限り、今までうちの高校からそこへ進学した人はいない。きっと、仙台さんだって受からない。

「嘘《うそ》。目指してたけど、絶対に無理だし」

にこりと笑って、仙台《せんだい》さんが言う。

「目指してたんだ」

「無理だってわかってたけどね」

冗談かと思ったけれど、私の言葉を否定しないところを見ると本気で受けるつもりだったらしい。何故《なぜ》、そんな大学を目指していたのかはわからないが、予備校にも真面目に通っているし、もしかしたら今でも受けたいと思っているのかもしれない。

「これ、宮城にだけしか言ってないから。ほかの人には内緒ね」

「言わない。っていうか、ここでのこと誰にも言わないルールだし」

「だよね」

本当は、こういうのは困る。

二人だけの秘密はもういっぱいあって、これ以上はいらない。秘密は増えれば増えるほど、重たくなるし、動きにくくなる。仙台さんの前から、どこへも行けなくなりそうな気がしてくる。

「実際に受けるのはどこ?」

聞いてしまった秘密を薄めたくて一応尋ねると、彼女はまた県外の大学を口にした。今度は仙台さんなら受かりそうな大学名で、告げられた言葉が本当だとわかる。

それにしても。

彼女の成績を考えれば当たり前で、そうじゃないかとは思っていたものの、本人の口から県外の大学へ行くと言われるとあまり良《よ》い気分にはならない。

仙台さんと新しい秘密を共有したことも気になったけれど、今はそれ以上に彼女が実際に受けるという大学のことが頭の中を占領している。それは心のどこかも一緒にガリガリと削り取ろうとしていて、もやもやとする。

「ねえ、宮城。私と同じ大学受けなよ」

なんでもないことのように、仙台さんが無理難題を押しつけてくる。成績を考えれば、私が簡単に行ける大学じゃない。

「そういう適当なこと言わないでよ。行けるわけないじゃん」

「そんなことないって」

「落ちるところ、わざわざ受けたくない」

「落ちるかどうかは受けてみないとわからないし、滑り止めも受ければいいじゃん。最近、真面目に勉強してるし、もう少し頑張れば行けると思うけど」

「一緒の大学行く意味ないし」

「そうかもしれないけどさ、行けるならいい大学行ったほうがいいでしょ」

「絶対に無理」

努力をしてまでいい大学に行きたいとは思わない。

それに、仙台さんと過ごす時間は卒業式までだ。

だから、同じ大学に行っても仕方がない。

仙台さんだって、そんなことはわかっているはずだ。

彼女が県外へ行こうとしているなんてことも、私にとってはどうでもいいことだ。

そう、まったく、少しも、気にしていない。

「この話はもういいから、次の命令」

したい命令があるわけじゃない。でも、このままずるずると進路なんてくだらない話を続けたくなくて、今すぐできる命令を考える。

「まだ命令するんだ」

「するから、きいて」

「なんでもどうぞ」

仙台さんが話し足りないという表情を隠さずに言う。

そして、私は考える。

命令、命令。当たり障《さわ》りのない命令。

時間を埋める命令を探すけれど、見つからない。かと言って、黙っているわけにはいかない。早くなにか言わないと、仙台さんがまた余計な話を始めてしまう。

私は教科書を閉じ、目の前の仙台さんから視線を外して、部屋をぐるりと見渡す。ベッドにクローゼット、タンス。本棚が目について、命令を決める。

「本読んで」

「いいけど、どの本？」

「つまらなそうなヤツ」

「面白そうな、じゃなくて？」

「つまらなそうな本のほうが眠たくなりそうだから」

「そういうことか」

子守歌代わりにされることに気がついた仙台さんが立ち上がる。そして、本棚の前へ行き、悩むことなく一冊の本を持ってきてベッドの横へ座った。

「これでいい？」

仙台さんが持っている本は、漫画の主人公が好きだと言っていた小説だから買ってきたものだけれど、面白いとは思えなくて最後まで読めなかった記憶がある。

「それ読んで」

ベッドの上に座って、仙台さんに命令する。

「わかった」

細い指が本棚で眠り続けていた小説を開く。

枕がある側、足を崩して床に座っている仙台さんの横顔が見える。

ページをめくる音がして、面白いとは思えなかった物語を読む声が聞こえてくる。

こういう命令は過去に何度もしていて、仙台さんはこれまでと同じように淀《よど》みなく小説を読んでいく。大きすぎず、小さすぎない声は、この部屋に丁度いい。柔らかな声は教室で聞くよりももっと耳に優しくて、いい声だと思う。

ブラウスのボタンを二つ外して本を読む仙台さんは、夏休みの前となにも変わらない。

読み上げられる小説はどこが面白いのかわからないから、いつもならすぐに横になりたくなるし、眠くなる。でも、今日はいつものように眠れそうにない。横になろうとすら思えない。

仙台さんが悪いわけじゃない。

たぶん、これは私の問題だ。

髪を編んでもらった日、私はこの部屋で仙台さんと過ごす時間を卒業式までと区切り、彼女に伝えた。

だから、卒業したらこの声が聞けなくなる。

自分で決めたことだけれど、仙台さんの〝県外の大学〟という言葉で、卒業後の彼女が遠いところへ行ってしまうことが明確になって、そんな小さなことが急に気になりだした。街で偶然会うなんてこともなくなるなんて、わかってはいても理解していなかった。

「寝るんじゃなかったの？」

退屈な物語が唐突に途切れて、いつまでもベッドの上に座っていて横にならない私の話に変わる。

「寝るから続けて」

睡魔の気配さえ感じられないままベッドに体を横たえると、仙台さんの手が伸びてくる。その手は躊躇《ためら》いもなく髪を撫《な》でてきて、私は彼女の手を押しのけた。

「続き、読んでよ」

返事がないまま、途切れた物語がまた聞こえてくる。

澄んだ声が耳をくすぐる。

眠たくないから目を閉じずに仙台さんを見る。

整った顔に髪がかかっていて、邪魔だと思う。

髪をほどいてなんて言わなければ良かったのかもしれない。

床に座っている仙台さんのほうに体を寄せると、声が少しだけ近くなる。

外されたボタンに視線が固定される。

今は鎖骨が少しだけ見えるくらいだけれど、その先を見たことがある。

今よりも暑い夏休み。

脱いでと命じたら、仙台さんが素直に脱いだ。

仙台さんに言わされた命令ではあるけれど、ああいうことはこの先にもうないことで、彼女の体を見るなんてことはない。

別にそれでいい。

大学が違うことも、彼女の体を見ることがないことも私には関係がない。

大学なんて、今読み上げられている物語よりもつまらなそうだ。

私は仙台さんに手を伸ばして、彼女の髪を引っ張る。

「どこ見てたの」

痛い、と文句を言うかと思ったけれど、違う言葉が告げられる。

「仙台さんがそこにいるから、仙台さんを見てただけ」

大雑把な事実を口にすると、「ふーん」と疑わしそうな声が聞こえてくる。でも、彼女はそれ以上はなにも言わない。小説をベッドへ置いてこっちを向くと、小さなため息を一つつく。そして、私の前髪を引っ張った。

「目、閉じなよ。寝るんでしょ」

仙台さんの手が私の目を覆い隠す。明るかった部屋が暗くなり、なにも見えなくなって、私は目を覆う彼女の手を摑んで引き剝がす。

視線の先に仙台さんがいる。

合わせるつもりはなかったけれど、目が合う。

――近い。

さっきよりも仙台さんとの距離が縮まっている。

摑んでいた手を慌てて離すと、置いてあった小説に当たる。バサリと本が落ちて、でも、彼女はそれを拾おうとはしなかった。

「仙台さん、もう少し離れてよ」

「宮城《みやぎ》から近づいてきたんじゃん」

最初に近づいたのは私だ。

それは認める。

けれど、こんなにも近づいた覚えはない。どういうわけか、仙台さんは私を覗《のぞ》き込むようにしている。

「だとしても、仙台《せんだい》さんからも近づいてきてるよね？」

「そうかな」

「そうでしょ。あと、こんなに近くで本読まなくていいから」

そう言って彼女の肩を軽く押してみるけれど、仙台さんはいうことをきかない。

耳たぶに彼女の手が触れる。

柔らかく撫でられて、つまんで引っ張られる。

耳の裏に指先が這《は》って、酷《ひど》くくすぐったい。

仙台さんの手が夏休みを思い起こさせるように緩やかに触れ続け、私は彼女の腕を叩《たた》いた。

「ごめん」

一瞬驚いたような顔をして仙台さんがすぐに謝り、床にぺたんと座る。

「拾って」

体を起こして落ちた本を指さすと、仙台さんが素直にそれを手に取る。本はぺらぺらとページがめくられ、物語の続きが書かれているであろうページで止まった。

「続き、読むね」

仙台さんが平坦《へいたん》に言う。

「もう読まなくていい」

「寝ないの？」

「寝ない」

正確には〝眠れない〟だけれど、正確な言葉を伝える必要はない。私は仙台さんから本を取り上げて、枕の上に置く。宿題は終わらないまま放り出されているけれど、ベッドからは下りない。手持ち無沙汰になった仙台さんも、テーブルには向かわなかった。

命令が中途半端《ちゅうとはんぱ》に終わったせいで、部屋がやけに静かになる。それはあまり良い沈黙ではなくて、静かに座っていられない。なにかしたくて、指先が本を叩く。

トントンと小さな音だけが聞こえる。

仙台さんがベッドに寄りかかり、背もたれにする。

ベッドの上からは、普段は見えない彼女のつむじが見える。手を伸ばせば触れるなんて思っていると、仙台さんが「そうだ」と思い出したように言って、言葉を続けた。

「宮城のクラス、文化祭でなにするか決まった？」

来月予定されている学校行事が彼女の口から転がり出て、私はそれに飛びつく。

「まだ。仙台さんのクラスは？」

「私のところはやる気がないから、展示とかで誤魔化すことになりそう」

「いいな」

唐突に始まった会話は、二人で黙り込んでいるよりもはるかに良いもので、なんとなく話を続ける。

こういう穏やかな話ができるなら、もっと前からしてほしかった。面倒くさい受験の話をしているよりもよっぽどいい。まだぎくしゃくしてはいるけれど、いつもの私たちに近づいている。

「宮城のところは、そういう感じじゃないの？」

「高校最後の文化祭だし、思い出に残ることをするって言ってみんな張り切ってる」

面倒だと思う。

みんな、と言ったが実際はクラスメイトの半分くらいが盛り上がり、なにかやろうと話し合っている。残りの半分は適当でいいと思っていそうだけれど、クラスの中でも目立つメンバーが中心になって話を進めているから誰も文句を言えずにいる。

「張り切ってって、宮城も？」

「私はあんまり。適当でいいかなって」

「こっち、楽でいいよ」

仙台さんが振り向いて笑う。

クラスが同じなら良かった。

柔らかな笑顔にそう言いかけて、口をつぐむ。

「そろそろ、宿題の続きやろうか」

仙台さんがテーブルに視線をやる。

「したくない」

「それなら、本の続き読む？」

「……やっぱり宿題する」

「じゃあ、こっちきて」

「言われなくても行く」

私はベッドから下り、少し迷ってから仙台さんの向かい側に座った。

◇◇◇

大学へ行く。

仙台さんは夏休みの前からそう言っていたし、聞かなくてもその大学が県外だろうと思っていた。

予想していたことを仙台さんから聞いただけ。

ただそれだけのことだ。

でも、ほんの少しショックだった。

正しく言えば、予想していたことを聞いただけなのに、そのことばかり考えている自分にショックを受けている。

仙台さんが県外へ行きたい理由は、夏休み中に行った彼女の家で見たことから推測することができる。

家から出たい。

そんなところだと思う。

この理由が正しければ、私には仙台さんの進路を変えることはできない。

違う。

そうじゃない。

私は仙台さんの進路を変えたいわけじゃないし、変えることに意味はない。私たちの関係は、高校を卒業したらそこで終わりだ。そもそも彼女の進路は彼女が決めるべきことで、私が口を出すようなものじゃない。

そんなことはわかっているのに、私は仙台さんが帰ってから動けずにいる。彼女が座っていた場所に座りっぱなしだ。

夕飯は一緒に食べなかったから、まだ食べていない。

でも、お腹《なか》は空《す》いていない。

私はのろのろと立ち上がり、着替えを持って浴室へ向かう。のんびりとお湯につかっていると余計なことばかり考えてしまいそうで、シャワーを浴びてベッドに寝転がる。

このまま行けば志望校の地元の大学には通る。仙台さんと同じ大学に行くには成績が足りないけれど、いい大学に行くことは目的にしていないから問題ない。

大体、仙台さんは私のことに口を出しすぎる。

私の正確な成績を知りもしないのに、同じ大学に行こうだなんて適当なことを言う。県外の大学に行きたいと言えばお父さんはいいと言うだろうけれど、今の成績で仙台さんと同じ大学に行くなんて絶対に無理だ。夏休みに二人で勉強したことを加味しても難しいと思う。来月ある中間テストの結果を見たら、仙台さんだって無理だと言うはずだ。

受かるはずもない大学を受けるなんて無駄でしかない。

「……なんでこんなこと真剣に考えてるんだろ」

私はごろりと寝返りを打って、照明を消す。

お父さんは今日も帰って来ない。

この部屋だけではなく、この家のすべての照明が消えていると思うと少し心細い。

「大丈夫」

怖くなんてない。

心の中で呟《つぶや》いて目を閉じる。

いつも寝る時間よりも早いせいか、まったく眠くない。それでも、ぎゅっと目を閉じる。

羊が一匹、羊が二匹。

古典的な方法に頼って羊を数えてみるけれど、睡魔はやってこない。結局、うとうととするくらいで熟睡できないまま朝がやってきて、仕方なく学校へ行く。

教室へ入っても睡眠不足の頭はすっきりしない。

授業を受けて、一時間経《た》っても二時間経っても頭は霧がかかったようにぼんやりとしている。先生がなにを話していたのか覚えていない。気がつけば、三回目の休み時間になっていて、亜美《あみ》と一緒にやってきた舞香《まいか》に声をかけられる。

「志緒理《しおり》、行くよ」

「え？」

「次、視聴覚室」

舞香がそう言うと、亜美が「急いで、急いで」と続ける。

「あ、うん」

　私は慌てて教科書とノートを引っ張り出して、立ち上がる。忘れ物がないか確かめる間もなく、舞香に「ほら、早く」と腕を掴まれる。そして、二人と一緒に教室を出て、廊下を歩く。のろのろと。

　早寝早起きをするタイプじゃないけれど、眠れなくて寝不足になって、午前中が潰れるほどぼんやりしているなんてことはあまりない。

　私がこんなにもシャキッとしないのは、仙台さんのせいだ。

　人の進路を決めるようなことを言いだすから、眠たくて授業もまともに受けられない。

　本当に腹が立つ。

　八つ当たり気味に勢いよく足を進めると、タンッと廊下が鳴る。その音にぼんやりしていた頭が少しはっきりとして、もう一度廊下を勢いよく踏むと舞香の声が聞こえた。

「志緒理、前、前」

「前？」

「こっち！」

　舞香に腕を引っ張られる。

　体が少し傾いて、足元にあった意識を前へとやる。

仙台《せんだい》さんと目が合う。

——え、仙台さん？

どうして。

いや、おかしなことじゃない。

学校に来ているのだから、仙台さんが廊下にいても不思議はない。けれど、こんな風に気がついたら仙台さんが近くにいたなんてことはない。当たり前と当たり前ではないことが同時に起こったことに驚いていると、仙台さんと肩がぶつかる。

「わっ」

かすったというわけではなく、肩と肩が交わるように当たったせいで痛みがあった。舞香に引っ張られて傾いた体を自分で支えることができず、転びそうになったことで声がでた。

「志緒理、大丈夫？」

よろけた私を支える舞香の声に彼女を見る。

「大丈夫」

体勢を整えて答える。

視線を舞香から仙台さんに戻すと、茨木《いばらき》さんとその友だちも一緒に映り込んでくる。

「葉月《はづき》、大丈夫？」

「うん、大丈夫」

私と舞香がしたような会話を仙台さんとしている茨木さんから目が離せない。

――仙台さんの隣は私の場所だ。

そんな台詞《せりふ》が頭に浮かんでそれを打ち消そうとしていると、「ごめんね」と聞き慣れた声がした。

「大丈夫だった？」

仙台さんが私の部屋ではめったに出さない愛想《あいそ》の良い声で言って、じっと見つめてくる。

こういう彼女は苦手だ。

私は仙台さんから視線を外す。

「……大丈夫。こっちこそ、ごめん。ぼうっとしてた」

私と仙台さんのどちらが悪いのかと言えば、きっと私だ。

前を向いていたけれど、見ていなかった。

ぶつかりそうなことを知らせる声に気がつかなかった。

その理由を辿《たど》れば仙台さんに行き着くけれど、ここでそんなことを言うわけにもいかない。

「大丈夫？」

なんとなく「仙台さん」と呼べなくて、この場で何度も飛び交った言葉を彼女にかける。

「私は平気。拾うね」

仙台さんがそう言って、廊下に落ちている教科書を手に取る。私はそれを見て、ようやく自分が教科書もノートも持っていないことに気がついた。

「ごめん。自分で拾う」

しゃがんでノートを手に取る。そして、ペンケースに手を伸ばすと、仙台さんに手首を摑まれた。

「拾うよ」

穏やかな口調で仙台さんが言う。

摑んだ手首は離してくれない。

痛いくらい強く摑まれている。

「自分で拾うから」

ここが私の部屋なら、離して、と強く言えばすむ。けれど、ここは学校で、私は穏やかな言葉を選んで彼女に手を離してくれと伝える。

「あ、ごめん」

私の手首を強く摑んでいた手が離れる。

「これで全部？」

仙台さんが拾った教科書を私に渡しながら聞いてくる。

「うん、全部。ありがとう」

「気にしないで」

にこり、と良くできた人形みたいな笑顔を見せてから、仙台さんが歩きだす。彼女はすぐに私の前から消え、廊下に響く茨木さんの声だけが聞こえてくる。

私は教科書とノートをパンパンと叩《はた》く。ついでにペンケースも叩いて、舞香と亜美に「行こう」と声をかける。

「──仙台さんになにかしたの？」

舞香が怪訝《けげん》な顔を向けてくる。

「なにかって？」

「ヤバいくらい志緒理のこと見てたし、腕も摑んでたじゃん。なんかしたんじゃないの？」

「痛かったんじゃない？　結構強く当たっちゃったから」

そんなに見られていたとは思えない。

でも、摑《つか》まれた手首は痛かった。

跡はついていない。

どうして仙台さんがあんなことをしたのかはわからない。

手首は仙台さんとぶつかる前となにも変わっていない。

消えないようななにかが残っていればいいのになんて思いかけて、私はため息をついた。

第2話　宮城《みやぎ》は遠慮を知らなすぎる

学校で初めて宮城と喋《しゃべ》った気がする。

前に一度、宮城を呼び出して音楽準備室で話をしたことがあるが、あれは彼女の部屋で過ごしている時間の延長に近かった。でも、今のは違う。友だちの前で初めて会話らしいものをした。

たいしたことではないけれど、たいしたことに思えてくるから調子が狂う。振り向く必要がないのに、振り向きたくなる。

「葉月、なんかぼけっとしてるけどマジで大丈夫？」

羽美奈《うみな》の思いのほか大きな声が聞こえて、隣を見る。

「ごめん。ちょっと考え事してた」

「またぶつかるよ」

軽い調子であははと笑う羽美奈に、確かに、と返して廊下を歩く。

耳を澄ましても、宮城の声は聞こえない。

羽美奈と麻理子《まりこ》の声だけが耳に入ってくる。

「さっきの子、確か……。宮城だっけ？　仲いいの？」

羽美奈が思い出したように言う。

「宮城であってるけど、別に仲良くはないよ」

「夏休み、二人で歩いてたじゃん」

「誰と？」

「宮城と」

「人違いじゃない？」

嘘《うそ》はつきなれているから、すんなりと言葉がでてくる。

「あたし、葉月のこと見間違えたりしないと思うけど」

余程自信があるのか、羽美奈が食い下がってくる。

「変なところで見たからよく覚えてるし」

そう言って羽美奈が口にした駅の名前は、宮城と夏休みに出かけた場所で、友だちごっこをするために二人で映画を観《み》た場所だった。だから、彼女が見た二人というのは間違いなく私と宮城で、見間違いではない。

「そう言えば――」

教室の前に着いたところで、私はついた嘘を修正するべく記憶を辿るようにゆっくりと言う。

「親戚の家があの辺にあって行ったんだよね。そのとき、宮城に偶然会ったんだった」

「珍しい。葉月でも忘れることあるんだ」

ずっと黙って話を聞いていた麻理子が明るい声で言って、私を見る。

「人間だもん。忘れることくらいあるって」

笑いながら教室の中へ入ると、羽美奈の不機嫌そうな声が聞こえてくる。

「葉月が宮城と仲が良くても良くなくてもどっちでもいいんだけどさ。夏休み、あの子のせいで付き合いが悪かったのかと思って」

羽美奈が席に座って、恨みがましい目を向けてくる。私は自分の席には行かず、そのまま彼女と話し続ける。

「夏休みは予備校行くからあんまり会えないって言ったじゃん。羽美奈はなんであそこにいたの？」

「彼氏とデート」

「あんなところで？」

「たまには違うところに行こうって話になってさ。あそこ、うちの学校の子いないじゃん？　だから、ちょっと遠出した」

裏目に出たな。

わざわざ知り合いに会いそうにない場所を宮城と選んだはずなのに。

羽美奈も同じようなことを考えてあんなところまで行くなんて、予想しなかった。

「仲いいね。羨ましい」

にこりと笑って話を進めると、羨ましい、の一言が良かったらしく羽美奈の機嫌がほんの少し良くなる。羽美奈には宮城とのことを追及するつもりはないようだけれど、話の発端を思い出させたくない。笑顔を保ったまま羽美奈に彼氏の話を振り続けると、宮城のことはどうでも良くなったのか、彼とあの日どこへ行ったとか、なにを食べたとか語り出す。

人の幸せを妬むつもりはないがあまり興味のある話ではなく、羽美奈の声はただ聞こえているだけのものになる。

視線を落として、自分の手を見る。

当たり前だけれど、宮城の痕跡はない。

「ぶつかったときに、怪我《けが》でもした？」

じっと手を見ている私を不審に思ったのか、麻理子が覗《のぞ》き込んでくる。

「してない。大丈夫」

「ほんと？」

「ほら、大丈夫でしょ？」

私は手を振ってみせる。

「合格。これなら彼氏とデートで手を繋《つな》げるね」

「すぐそういうこと言う。相手、いないから」

「知ってる。早く作りなよ」

「作っても、手は繋がないかも」

「なんで？　繋ぎなよ」

麻理子が不思議そうな顔をする。

「そんなに手って繋ぐ？」

私は、羽美奈と麻理子どちらにというわけでもなく問いかける。

質問は深い意味があってしたものではない。その答えが私の役に立つとも思えない。宮城のことが頭に浮かんだけれど、宮城は恋人ではないし、彼女と手を繋いで歩きたいとも思わない。ただ、側にいると意識をしてしまう。

「普通、繋ぐでしょ」

羽美奈が言って、麻理子が「デートしたら繋ぐでしょ」と続ける。

「わかった。葉月《はづき》は手も繋がないほど健全なお付き合いがしたいんだ」

からかうように言って麻理子が手を出してきて、私はその手を握る。

麻理子の手は、宮城の手とそう変わらない。

温かいし、柔らかい。

たぶん、羽美奈の手だって変わらないだろう。

でも、宮城は明らかに二人とは違う。

手を繋ぎたいわけではないが、触れたくなる。さっき廊下でぶつかったときも、気がついたら手首を掴んでいた。この感情は、麻理子が言うほど健全なものではない。

「なに、好きな人でもできたの？」

羽美奈が興味しかない顔で私を見る。

面倒なことになったな。

これは、いないと言っても「気になる人くらいいるでしょ」と追及されるパターンだ。

「誰、誰？」

楽しそうな麻理子の声も聞こえてきて、適当な答えを考えているとチャイムが鳴る。

「授業、始まるよ」

正義の味方のようにタイミング良く鳴ったチャイムに助けられて席に着くと、すぐに先生が教室に入ってくる。

授業が始まり、先生の声が響く。

私は黒板に書かれた文字をノートに写していく。

白い紙の上、右手が余白に〝みやぎ〟と綴《つづ》ってそれを消す。

学校でも話をしたい。

先生の声を上書きするように、頭の中に自分の声が響く。

……馬鹿げている。

宮城と学校で話すことなんてなにもない。大体、彼女の部屋に二人でいても未《いま》だに沈黙が長いときがある。

私は余計なことを頭の中から追い出して、教科書を一ページめくる。ノートを埋めることだけに集中していると、長くもなく短くもなくいつも通りに授業が終わる。羽美奈たちと一緒にお昼を食べようと立ち上がりかけたところで着信音が聞こえて、私は鞄《かばん》からスマホを取り出した。

座り直して画面を見ると、届いていたのは宮城からのいつものメッセージで、放課後の予定が埋まる。昨日呼ばれたにもかかわらず今日も呼ばれることに驚きはない。

廊下で手首を摑んだ。

そのことを追及したいんだろう。

問題は、宮城の手首をみんなの前で摑んだ理由を説明できないことだ。触りたかったと答えてもいいけれど、宮城がそんな答えで納得するとは思えない。どうして触りたかったのかと聞いてくるはずだ。

宮城を友だちに返したくなかった。

触りたいという気持ちの奥に、そういう感情があったなんて言えるはずがない。大きさで言えば金平糖くらいの感情だったけれど、宮城に向けるには不適切な感情だ。

私は放課後の約束を受け入れるメッセージを宮城に送り、席を立つ。

廊下でのことを追及されると思うと頭が痛くなってくる。

面倒くさい。

でも、宮城に会うこと自体は面倒だと思わなかった。

◇◇◇

放課後はあっという間にやってくる。

羽美奈たちと別れて、通い慣れた道を歩くと、遅くも早くもなく宮城の家に着く。

部屋に入って、ブラウスの上から二つ目のボタンを外す。

微妙な空気は相変わらずだけれど、慣れてきた。

五千円札を受け取ってベッドを背にして座ると、宮城《みやぎ》が麦茶とサイダーが入ったグラスを持ってきてテーブルの上に置く。そして、少し迷ってから私の隣に座った。これまでと比べると少し距離があるけれど、夏休みが終わってから初めて埋まった片側にほっとする。なにもかも元通りとはいかないが、元通りに近づいてきている。上手《うま》くいかないこともあるけれど、それは仕方がない。形だけでも夏休み前と同じようにしていれば、そのうち気持ちもそれに従うはずだ。

宮城がなにも言わずに教科書とプリントをテーブルの上に広げる。やる気があるのかないのかはわからないけれど、大人しくプリントを埋めていく。

私も教科書とノートを開いて、宿題を始める。

昨日、宮城に言った「私と同じ大学受けなよ」という言葉は無責任な言葉だ。行けるわけがないという宮城にそんなことはないと告げたが、今のままでは難しいと思う。

夏休みに入ってから、二人で勉強をした。

宮城が私に「わからないから教えて」という回数は確実に減っている。それでも合格ラインに届くとは思えない。

ただ、今からでも真面目にやれば受かるかもしれない。それには本人のやる気が必要で、私は宮城が同じ大学へ行くと言うなら勉強を教えるつもりはある。けれど、強制はできない。

同じ大学に行ったからといって、なにかあるわけではない。

宮城との終わりの日は決まっていて、私もそれに同意している。

なんとなく同じ大学に宮城がいれば楽しそうだと思っただけだ。

「仙台《せんだい》さん」

宮城の声が聞こえて、私は顔を上げる。

「わかんないところあった？」

「そうじゃなくて。今日のあれ、なに」

やっぱりね。

宮城が二日連続で私を呼び出した理由。

それがなにかは予想していたが、なにもわからない振りをする。

「あれって？」

「廊下で手首、摑んできたじゃん」

「宮城の落とした物拾おうとしただけだけど」

「落とした物拾うだけなら、手首摑んだりする必要ないよね？」

「ちょっと手が当たっただけでしょ、あんなの」

「あれ、当たっただけって言わないと思う」

面倒だ。

口にしたくないことを追及されても困る。

それに、本当のことを言ったら宮城だって困るはずだ。

宮城を友だちに返したくなかったなんて思ったことは、お互いのために黙っておくほうがいい。

「……なんて答えさせたいの？　宮城が言ってほしいこと言ってあげるから、言いなよ」

私は平和的解決に向けた提案をする。

口にしてほしい言葉があるなら、それを言って終わりにしたいと思う。この話を長引かせてもお互いが満足する結果にはならないのだから、適当でもなんでも早く終わらせたほうがいい。けれど、宮城がこんな答えで満足しないことも知っている。

「そういうことしてほしいんじゃない」

「じゃあ、なにしてほしいの」

「摑んだ理由教えてよ」

「宮城に触りたかったから、触っただけ」

摑んだ理由の一端を口にする。

「なにそれ。ちゃんと答えて」

「答えた」

「じゃあ、触りたかった理由ってなに？」

そういうことは聞かないほうがいい。そのほうが平和な時間を過ごせる。

「宮城さ、私が答えないってわかってて聞いてるよね？」

矢継ぎ早にされる質問を途切れさせるために尋ねるが、返事はない。私は仕方なく次の台詞《せりふ》を口にする。

「理由がなくても、触りたくなることくらいあるでしょ」

そう言って、宮城に手を伸ばす。

いつもよりは少し離れているけれど、隣にいる宮城にはすぐに手が届く。頰に触れて、手のひらを押しつける。宮城の顔が不機嫌そうに歪《ゆが》んだけれど、手は離さない。くっついた部分から流れ込んでくる体温が心地良くて、頰から手を滑らせて首筋に触れる。

今、私の宮城への感情は不純だと思う。

「理由もなく触りたくなったりなんてしない」

「そう言うなら宮城は、私に触るときってなにか理由があるんだよね？」

「それは――」

宮城が言葉に詰まる。そして、続きを口にするかわりに首筋に触れている私の手を剝いだ。

「仙台さん、わけわかんない。学校でもここでも、変なことばっかりする」

低い声で宮城が言って、視線を落とす。

「私もわけわかんないから。――宮城、早く今日の命令しなよ」

このまま何事もなくいられる自信がない。私は、宮城の前では理性を留《と》めているネジが役に立たないことを知っている。

いつもと同じ形に整えてはいるけれど、私たちはまだ元の形に戻ることができていない。意識して整えた形は、ちょっとした刺激で簡単に崩れてしまう。

このままなにかが起こってしまうよりは、命令されたほうがいい。宮城は当たり障《さわ》りのない命令しかしないはずだから、今よりはマシな状態になる。

「じゃあ、ピアス開けさせて」

宮城が視線を上げずに口にした〝ピアス〟という単語はあまりにも予想外のもので、思わず聞き返す。

「ピアス？」

「そう。仙台さんの耳にピアス開ける」

昨日、本を読めと言った宮城の耳を触った仕返しなのか、彼女が顔を上げて私の耳たぶを引っ張る。

「絶対に嫌だ」

宮城に向かって断言する。

ピアスのように後に残るものは困る。

宮城はすぐに跡をつけたがるし、実際に私に跡をつけてきた。今まではそれを許してきたけれど、それはその跡がすぐに消えるものだったからだ。

でも、ピアスは違う。

今までと同じように受け入れるわけにはいかない。

「なんで駄目なの？」

「校則違反だから」

遠慮するつもりのない手がふにふにと耳を触り続けていて、私は宮城の腕を掴む。そのまま強く引っ張ると耳たぶをつまんでいた指が素直に離れて、声が未練がましいものに変わる。

「仙台さん、スカート短いし、髪も染めてるし、もう違反してるじゃん」

「これくらいは許容範囲内でしょ」

「仙台さんって、いつもそうだよね」

「そうだよねって？」

「勝手にルール作って、それが当たり前みたいな顔する」

「いいじゃん、ルールくらい作ったって。スカートも髪も先生に怒られない程度にしてるし、怒られないってことは違反ってほどじゃないってことでしょ」

校則はそれほど厳密ではない。文字ではきっちりと決まっているが、その校則を運用する先生は文字ほどきっちりしていない。大体守っていれば怒られることはないし、校則を守っていると見なされる。私はその〝大体の範囲〞に収まるように行動するというルールを作って、それを守っているだけだ。

「そういうのずるい」

「ずるいと思うなら、宮城もやればいい。もう少しスカート短いほうが可愛《かわい》いよ」

宮城の中途半端《ちゅうとはんぱ》な丈のスカートを摑んで少しだけ引っ張ると、怒られない範囲の短さを作る前に手の甲を叩《たた》かれた。

「いい、この長さで。そんなことより、今度でいいからピアス開けさせてよ」

「他の命令にしなよ。そういうのルール違反だから」

きっぱりと言い切るが、宮城は諦めそうにない顔をしている。

一言で言えば、納得できない。

おそらく彼女は心の中でそう思っている。

「絶対に開けさせないからね」

ピアスを開けさせるという命令にこだわりがありそうな宮城に、念を押すように告げる。どれだけこだわられても返事は同じだ。大抵の命令は受け入れている私でも、受け入れられないものもある。

「ピアスのどこがルール違反なの？」

「体にずっと残るような傷を作るのはルール違反でしょ。暴力の類似行為。っていうか、どんなピアスつけさせようとしてるわけ？　見せてよ」

宮城の命令を受け入れるつもりはないが、彼女がどんなピアスを用意したのかは気になる。けれど、宮城はピアスを出してくることなく、さっきよりも小さな声で言った。

「まだ用意してないけど、開けていいなら買ってくる」

「買って来なくていいし、私の耳にピアス開ける理由もわかんない」

「……先生が怒るか実験したいだけ。仙台さんもたまには注意されたほうがいいと思う」

宮城《みやぎ》が嘘《うそ》か本当かわからない理由をぼそぼそと口にするが、それはあまり面白いものではない。文句を言わずにはいられない理由だ。

「人で実験しようとしないでよ。もう少しマシな理由考えて」

「マシな理由があったらいいの？」

「よくない」

宮城の本音がどこにあるのかはわからないが、ピアスを開けさせろというのは重すぎる命令だと思う。

この先、違う大学に行って、宮城と会うことがなくなってもずっと体に残り続けるようなものはいらない。二人で過ごした時間を私だけ体に刻まれるなんて御免だ。

「じゃあ、ちょっと動かないで」

宮城が嫌な予感しかしない言葉を口にする。

「なにするつもり？」

返事はない。

代わりに手が伸びてくる。

けれど、その手は耳に触れることなく、肩の上に着地する。

宮城が私に痕跡を残したがるのは意図的なことなのか。

目の前にいるのに、彼女がなにを考えているのかよくわからない。この部屋に来たばかりの頃よりも会話の量は増えてはいるけれど、ただ増えただけで、私は宮城という人間を理解できていない。彼女の本心は隠されている。今日もそうだ。用意しているわけでもないピアスをつけさせたいと思う気持ちが、衝動的なものなのか、それともやっと言いだせたものなのか私には判断がつかない。

上辺だけの会話で、お互いの気持ちを近づけることは酷《ひど》く難しいことに思える。けれど、体の距離をゼロにするのは簡単で、宮城が私の耳に唇をつけた。

黒い髪からシャンプーの柔らかな香りがする。

過去に何度も私に触れている唇は、すんなりと体に馴染《なじ》む。誰よりも近くに宮城がいることが当たり前のことのように思えてくるけれど、それを受け入れるべきではないと思う理性は残っていた。

「ちょっと、宮城」

肩を押す。

触れ合っている部分から熱が離れて、耳元で声が聞こえる。

「仙台《せんだい》さんピアス開けさせてくれないから、これが代わり」

近すぎる声に宮城の肩を押す手がびくりと震える。

吐き出す息が耳を撫《な》でるようで、くすぐったい。

「大人しくしててよ。傷になるようなことじゃないし、簡単な命令でしょ」

スナック菓子のように軽い声が聞こえて、湿ったものが耳を撫でた。

すぐにそれが舌だとわかる。

ぴたりと押しつけられるそれは生温かく、動くとぞわりとして落ち着かない気分になる。

でも、こんなことは過去にもあった。理性に従わなければと思う反面、これくらいの命令は断るほどのものではないと納得しようとしている自分がいる。

二つの選択肢の間で感情がふらふらする。

生温かい舌先に理性が惰性に負け、命令通り大人しくしていると、耳たぶに硬い物が当たる。

たぶん、それは歯で、こういうときはろくな事が起こらない。

「宮城、はなれて」

過去の経験が宮城の肩を押させる。

手に力は込めたが、宮城は動かない。

歯が耳たぶを挟み、強く噛《か》んでくる。

「それ、痛い」

言葉とともに肩を叩くと、耳たぶに歯が刺さる。

ギリギリと力一杯噛まれる。

今日という日が記憶に刻まれるほど痛い。

いや、痛いというよりは熱い。

吹きかかる息も、シャンプーの匂いもわからなくなる。

「痛いってばっ」

バンッと宮城の体を叩くと、ビクッと彼女の体が震えた。

簡単に近づいた距離は簡単に離れる。

「宮城、本気で噛みすぎ。こんなのピアス開けるより酷いじゃん。穴どころか、耳がちぎれるでしょ」

ピアスを開けたことはないが、きっとこんなには痛くないはずだ。宮城はそれくらいの力で私の耳に歯を立てていた。彼女のこの衝動がどこからくるのか私にはわからない。

「そんなに噛んでない」

「噛んでる。ほんと、宮城って馬鹿じゃないの。傷になってるでしょ、こんなの」

耳たぶを触って指先を見る。

血はついていない。

でも、信じられない。

どこからか血が出ているような気がしてテーブルの下に置かれているティッシュを取ろうとすると、ワニのカバーが付いたそれが消える。

「ちょっと、宮城。ティッシュ使いたいし、持ってかないでよ」

私は、ワニを抱えた宮城に文句をぶつける。

「傷になってないから」

彼女は言い訳のように言うと、ティッシュの箱をテーブルの上へ置いた。

命令に従わなかった私の態度が気に入らない。

ワニを奪ったのはそういうことだろうと思う。

衝動的で意味不明な行動。

それは宮城が私によくすることだ。

ただ、彼女は変わった。

こういうとき、昔は私が嫌がることをして面白がっているようにしか見えなかったが、今は違う。楽しさの欠片《かけら》も感じられない顔をしている。もう少し正確に言うならば、どことなく不安そうに見える。

自分から酷いことをしておいて勝手すぎる。

自業自得《じごうじとく》だし、私が譲歩する必要はない。

「そういう顔しても駄目だから」

私はテーブルの上に鎮座するワニの背中からティッシュを取って、耳を拭う。

薄っぺらい紙は白いままで、血はついていない。

「いつもと変わらないと思うけど」

宮城がいつもとは少し違う顔で言ってワニを奪おうとするから、その手を叩く。

「変わらないかどうか、鏡見れば」

「見ない」

宮城の表情が曇る。その顔は置き去りにされた子猫のように心細そうに見えて、私のほうがなにか悪いことをしたような気分になってくる。

「——痛いのはなしだからね」

宮城の行為を許容するような言葉が零《こぼ》れ出る。

今の私たちはこういう行為をするべきではないけれど、少しくらいならいい。

そんな風に思いかけているのは、私の意思ではなく宮城のせいだ。全部、宮城が頼りない顔をしているのが悪い。

「いいの？」

「命令でしょ」

宮城のブラウスを引っ張って、命令に従う意思を伝える。

そう、命令だから仕方がない。

ルールの範囲内であれば、私に拒否する権利はないのだ。だから、宮城を受け入れるしかない。

「じゃあ、大人しくしてて」

さっき聞いた言葉がもう一度聞こえ、体温が近づく。

躊躇《ためら》うように生温かいものが耳に触れ、噛まれた後に残る痛みを舐《な》め取るように這《は》う。歯が触れた部分以上に舌先が押しつけられていく。離れては触れるそれに嫌悪《けんお》感はない。

歯が耳たぶに当たる。

痛みが蘇《よみがえ》って思わず宮城の腕を摑む。

けれど、強く噛まれることはなく、今度は柔らかく噛まれた。どれくらいの強さなら許されるのか試すように、硬い物が耳を挟む。痛みを与えないことに心を砕いているとわかる歯が、緩く優しく触れる。与えられる刺激は小さなもののはずなのに、そこばかりに気持ちがいく。耳に神経が集まっていることがわかって、落ち着かない。

宮城の呼吸を耳元に感じる。

息を吐く音が近すぎて、胸がざわざわする。

そのくせ、宮城が手の届く範囲にいると安心する。

でも、やり過ぎだ。

与えられる刺激は、今の私たちに相応《ふさわ》しくないものだ。

宮城は極端すぎる。

痛くなければなんでもいいわけではなく、私は彼女の額を押して体から遠ざける。

「ちょっと、宮城。痛くないけど、ヤバいから」

「それって——」

宮城が言いかけてやめる。そして、珍しく素直に「ごめん」と謝った。

私は小さく息を吸ってゆっくりと吐いてから、ワニを二人の間に置く。背中からティッシュを引き出して、宮城の痕跡を消すように耳を拭う。

「仙台さんって、今みたいなときどんな感じなの？」

宮城がワニの頭を撫でながら、なんでもないことのように聞いてくる。

言いかけた言葉を飲み込んだくせにその意味をなくすような台詞《せりふ》を口にするから、ため息が出そうになる。

「自分で体験してみれば？」

無責任な宮城《みやぎ》の耳に手を伸ばす。けれど、大げさなくらい体を引かれて、伸ばした手が耳に触れることはなかった。

「冗談だから」

私は軽く言って、宮城に笑ってみせる。

ただでさえ近い距離をこれ以上縮めても気まずくなるだけだ。

口から出てしまった余計な言葉は、冗談にくるんで捨ててしまえばいい。

そう思っているのに、宮城がやけに真剣な声で言った。

「――ピアス開けさせてくれるなら、いいよ」

いいよ、というのは宮城に同じことをしてもいいということで、思わず彼女をじっと見る。

耳に穴を開けるという犠牲を払えば、私が今されたことと同じことができる。

それは酷く魅力的な言葉に聞こえて、一瞬迷う。そして、迷った自分に嫌気がさす。

「馬鹿じゃないの。そんなことより、羽美奈《うみな》が私と宮城が一緒にいるところ見たって」

危うい会話を打ち切って話を変えると、宮城の意識が羽美奈という単語に向かった。

「えっ、それっていつ？」

「映画を観に行った日。羽美奈もあそこにいたみたい。偶然会ったたって言っといたけど」

「信じてた？」

「たぶん。まあ、私は信じてなくてもかまわないけど」

「私だって仙台《せんだい》さんと出かけることなんてもうないし、関係ない」

宮城が冷たく言って、ワニの頭を叩《たた》く。

私は不機嫌そうな彼女を見ながら、ベッドに寄りかかった。

「ほんとはまた出かけたいと思ってるでしょ」

わざとらしく言うと、即座に答えが返ってくる。

「仙台さんと出かけることはもうないから」

こういうとき、宮城は引っ張ったゴムが元に戻るときのようにさっと引く。あまりに潔《いさぎよ》く引くから怖くなる。誰にでもそうなのか、私にだけそうなのかわからないから、それ以上なにも言えなくなる。近づきたくなったら人の気持ちなんてお構いなしに近づいてきて、気がすんだら私を遠ざけるのは酷《ひど》いと思う。

「二人で行くところもないしね」

言いたいことはこんなことではないけれど、他に言葉は見つからない。私はため息を一つついてから、宮城にワニを投げつけた。

第3話　仙台さんに会えなくても平気だ

本棚から本を出して、戻す。

仙台さんは、私の命令によってずっとそんな単純作業を続けている。ときどき「暑い」と文句を言う声が聞こえてくるけれど、それには答えない。九月も半ばになったというのに暑い日が続いているのは事実だが、これ以上エアコンの温度を下げたら私が寒くなる。

本棚を整理して。

今日の命令は誰にでもできることだし、仙台さんにしてほしいことでもなかった。でも、不用意な命令は行き過ぎた行為に繋《つな》がるから、行き過ぎてしまう心配のない命令をするしかない。

「宮城、この本は？」

仙台さんが振り向いて、漫画を一冊見せてくる。

「適当でいいよ」

テーブルの前、床に座ったまま答える。

ジャンル別に並べたいだとか、手が届きやすい場所にお気に入りの本を置きたいだとか、本の並びにはそれなりにこだわりがある。でも、仙台さんに今さら言う必要はない。過去に何度か本棚の整理を頼んでいるし、彼女が整理した後の本棚は使いやすい並びになっているからわざわざ言わなければならないことはなかった。

「そういうのが一番困る」

文句を言いながらも、仙台さんが手にした漫画を本棚にしまう。

彼女はこういうことが得意なタイプらしく、手際《てぎわ》がいい。パズルゲームをしているみたいに本の位置が変わって、隙間が埋められていく。

ゲーム上手そうなのに、下手だったたな。

一度だけ一緒にゲームをしたときのことを思い出しながら仙台さんを見ていると、彼女の耳に目がいく。

結局、仙台さんはピアスを開けさせてはくれなかった。

ピアスは校則に違反しているし、先生に怒られるけれど、茨木《いばらき》さんも開けているし、ほかにも開けている子はいる。先生に目を付けられないようにしている仙台さんだって、きっといつか開ける。それなら、私が開けたってかまわないと思う。

でも、仙台さんが命令に従わないことはわかっていた。

五千円は万能じゃない。

できないことがある。

そんなことはわかっていたけれど、私は今もあの傷一つない耳に穴を開けたかったと思っている。

「そうだ。大学、どうするの？」

振り向かずに仙台さんが言う。

「どうするのって？」

「同じ大学受けるなら、勉強教えるけど」

「受けない」

同じ大学に行って、今と同じように仙台さんと二人で過ごせたとしても、それはきっと大学が終わるまでのことだ。もしかしたら大学が終わる前に、仙台さんのほうから終わらせようとしてくるかもしれない。

だったら、終わりは早いほうがいい。

終わりだと言われる前に自分から終わらせたほうが傷つかずにすむ。

「そっか」

仙台さんが暗くも明るくもない声で言って、本棚の隙間を埋める。

「……でも、勉強はする。受験生だし、一応」

口にした言葉に嘘《うそ》はない。

仙台さんにやらせていた宿題は自分でするものになっているし、今日ももう終わらせている。やりたいわけではないけれど、テーブルの上には問題集だって置いてある。

「受ける大学が違っても、わかんないところは教えるから」

「私の心配してないで、仙台さんは自分の勉強やりなよ」

「受験勉強なら言われなくてもやってる」

振り向かずに仙台さんが答える。

夏服のブラウスから伸びる彼女の腕は、夏休みと変わらない。私の家まで歩いて来ていたなんて信じられないほど日に焼けていないし、傷一つない。

ブラウスが長袖だった頃、あの腕に跡をつけたことがある。

思ったより早く消えたと言われたあの跡とは違い、ピアスならもっと長く残る。誰から見てもわかる跡が残り続ければ、彼女の隣に誰がいても安心できる気がする。

仙台さんとは学校で話すことはないけれど、彼女の時間の一部が私のものだとわかるものがあったっていいと思う。

――未練がましい。

仙台さんが「ピアスを開けさせて」という命令に従うことは絶対にないとわかっているのに、私は諦めが悪すぎる。欲しいものが手に入らずに地団駄を踏んでいる子どもと変わらない。

「宮城、終わった」

声とともに、仙台さんが振り向く。

半袖のブラウスから伸びる腕はやっぱり白くて、耳にも傷はない。彼女の後ろに見える本棚はいつもとは並びが違っているけれど、漫画や小説が綺麗《きれい》に並んでいる。

「文化祭、宮城のクラスどうなった？」

私の隣に座った仙台さんが問いかけてくる。

「カフェやるって」

三年生はほどほどに。

先生が言ったわけではないが、文化祭の出し物は暗黙の了解でそうなっている。受験に集中しろということだろうけれど、毎年〝ほどほど〟じゃないクラスがあって、今年は私たちのクラスがそうだ。

「準備も当日も面倒くさそう」

同情するような声に、私は間を置かずに答える。

「面倒だよ。準備すること多いし、今から憂鬱だもん」

「メイド服作ったりするの？」

「メイドカフェじゃないし、さすがにそこまで大がかりじゃないから」

「なーんだ。宮城がメイド服着るなら見に行こうと思ったのに」

興味があるとは思えない口調で言って、仙台さんがくすくすと笑う。

「メイドカフェなら、裏方以外しない」

クラスの中心メンバーが決めたものだから反対はしなかったけれど、ただのカフェですら面倒だ。そんな私がメイド服を着て、仙台さんをもてなすなんてありえない。絶対にやりたくないと思う。

「一応、ウェイトレスするんだ？」

「交替制」

「じゃあ、やっぱり宮城を見に行こうかな」

「絶対に来なくていい」

「本当は来てほしいくせに」

「いい、来なくて」

仙台さんはやけに楽しそうで、面白がっているようにしか見えない。

カフェなんて別の学年やクラスでもやるはずで、学校では話しかけないという約束をしている私に仙台さんが会いに来る理由もない。見に行くというのは口だけで、からかいたいだけだとすぐにわかる。

彼女のこういうところが、私を苛立《いらだ》たせる。

「そんなことより、来週からカフェの準備始めるみたいだし、遅くなる日があるから」

仙台さんのくだらない話には付き合っていられないから、伝えておかなければならないことを伝えておく。

「それ、文化祭まで命令はなしってこと？」

「予定が合わなければそうなると思う」

文化祭のあとには中間テストもあるから、出し物に力を入れるといっても毎日準備をするわけじゃない。それでも今までに比べると予定が合いにくくなる。

「わかった」

いつもと変わらない声が聞こえて、心臓が摑まれたみたいに苦しくなる。

仙台さんのクラスは展示で済ますと言っていたけれど、まったく準備をしないわけじゃないだろうから少しは放課後が潰れるはずだし、彼女には予備校もある。それは動かせない予定で、仙台さんは動かしたりしない。だから、わかったという返事は想像通りのものだ。でも、わかったという返事をいい返事だとは思えなかった。

手をぎゅっと握って、開く。

文化祭の準備と予備校。

予定が二つあるだけで私たちは噛《か》み合《あ》わなくなる。

文化祭までたった二週間。

もう少し細かく言えば二週間もない。

会えないとしてもそれくらいの期間で、冬休みや春休み程度の期間だ。それくらい会わなかったことは過去にもあって、仙台《せんだい》さんがいつもと変わらないのも普通のことのはずだ。

一瞬でもそれを残念だと思った私がおかしい。

こんな気持ちは気のせいだと思う。

私が寂しいなんて思うはずはないし、仙台さんだって思うはずがない。

「ぜんぶ早く終わればいいのに」

私は、テーブルの上に置きっぱなしになっている仙台さんの教科書をぺらぺらとめくる。

自分の物のように見慣れた教科書に触れると、波立った気持ちが凪《な》ぐような気がする。なにもかもが面倒で文化祭も中間テストも受験もなくなればいいという気持ちが薄らぐ。

「ちょっと、勝手にめくらないでよ」

仙台さんが文句を言ってペン先でつついてくる。それでも教科書をめくっていると、ぷすりと強めに刺されて私は手を引っ込めた。

教科書を交換したら。

授業がある日は、仙台さんの教科書を使える。でも、彼女の教科書は私のものと明らかに違う。たくさん書き込みがしてあるし、書き込んでいる字が違うから、すぐに他人のものだとバレる。

いや、なんで。

交換したらなんて考えるのか。

今までとは違って、夏休みも会っていたからかもしれない。仙台さんがいることが当たり前になりすぎていて、しばらく会えない可能性に感傷的な気分になっている。そういうことに違いない。

なにも言わずに、教科書と問題集に向かう仙台さんを見る。

ボタンを二つ外したブラウスにネクタイ。

綺麗に編んである髪もいつも通りだ。

私は、少し緩めてある彼女のネクタイを引っ張る。

「もう一つ命令。これ外して」

「……なんで？　また縛るつもり？」

仙台さんが警戒しているとわかる声を出す。

「違うから」

ネクタイならピアスと違って体に傷はつけない。

誰もが同じものを使っているから、私と仙台さんが言わなければ誰にも知られることはない。

これはそういう命令だ。

――私と仙台さんのネクタイを交換する。

簡単で痕跡が残らない命令。

なにかを交換したいなんて、おかしいってことくらいわかっている。

それでも、文化祭まで。

ちょっとの間、交換したいと思う。

私は自分のネクタイに触れ、誰もいないこの部屋で着替えるときのように外す。

「なんで宮城《みやぎ》がネクタイ外すの？　外すの私じゃなかった？」

不思議そうな顔をした仙台さんが聞いてくる。

「交換してよ。仙台さんのと」

私は外したネクタイをテーブルの上に置く。

「……交換する理由は？」

「理由がなくても、交換したくなることくらいあるでしょ」

「理由もなく交換したくならないでしょ、普通」

「仙台さんだって理由もなく触りたくなるんだから、理由もなく交換したっていいじゃん」

理由がなくても、触りたくなることくらいあるでしょ。

廊下で私の手首を摑んだ理由を尋ねたら、彼女はそう言った。理由がなくてもいいというのは自分が通した理屈なのだから、仙台さんがごちゃごちゃ言うのはおかしいと思う。でも、彼女はネクタイを外そうとしない。私から答えを引き出そうとする。

「理由、ないんだ？」

「仙台さん、うるさい。黙ってネクタイ外してよ」

面倒になって彼女のネクタイを強く引っ張ると、やる気がなさそうな声が返ってくる。

「はいはい」

理由を言わないことに納得したわけではないようだけれど、仙台さんがネクタイを外して私の首にかけた。

ネクタイは制服の一部だから、誰の物でも同じだ。

そして、ただの布きれで特別な物じゃない。

それなのに、首に掛かったそれは私の物とは違ってほんの少し重いような気がする。

「満足した？」

仙台さんが静かに言って、テーブルの上に置いてある私のネクタイに手を伸ばす。けれど、私は彼女の手がネクタイを摑む前にそれを奪った。

満足するには足りないと思う。

制服はネクタイ以外にもある。

「交換なんだから取らないでよ」

当然の主張をして、仙台さんが私からネクタイを奪い返そうとする。

「ブラウスも交換して」

ネクタイもブラウスも変わらない。

制服の一部で、布きれで、一つも二つも大差がない。

だから、ネクタイと一緒にブラウスを交換したっていい。

暴論だと思うし、仙台さんは怒ると思う。

こういう命令は避けるべき命令だ。

でも、わかっている答えを彼女から聞きたいという気持ちを止めることができない。

「脱げってこと？」

仙台さんが動きを止める。

「脱がないで貸す方法があるなら、脱がなくてもいいよ」

「そんなのもうイリュージョンだから」

「じゃあ、脱いで」

短く告げてネクタイを渡すと、仙台さんは受け取ったそれをくるくると丸めてテーブルの上に戻した。すぐにでも「馬鹿じゃないの」なんて言うかと思ったけれど、なにも言わない。

命令は服を脱げというものではなく制服を交換してというものだが、ルールを逸脱していないかどうかは微妙だ。

命令して良いことと悪いことは、はっきりとわかれていない。

ルールの範囲内なら仙台さんは逆らわないけれど、ルールに縛られた命令はところどころがくっついていて、境目が曖昧になっている。

仙台さんが混じり合った命令から断るべき命令を断ってくれたらいいと思う。

「交換なんだよね？」

考え込んでいた仙台さんが念を押すように言う。

「そう。交換」

「いいよ、交換なら」

仙台さんがあっさりと私の信頼を裏切り、ブラウスの三つ目のボタンを外す。

微妙な命令であっても、この命令は断るべき命令だ。

仙台さんだってそれをわかっているはずなのに、受け入れた。彼女がルールに反していると言わなければ、私は流されるだけで、外れていくボタンを見ているだけになる。

夏休みよりも潔《いさぎよ》く、躊躇《ためら》わずに仙台さんがブラウスを脱ぐ。

あのときとは違って、今日は会話がない。

仙台さんが黙っているから、私は彼女をじっと見ている。

下着は、雨の日に見たときと同じで白い。

同じものだったのかは覚えていない。

下着に隠された胸は、形が良さそうに見える。

そう言えば、行き過ぎた行為をした夏休みのあの日、仙台さんは下着の上からだったけれど私の胸に触った。でも、私は触っていないから、なんだか損をしたような気分になる。

今なら、少し手を伸ばせばどこにでも触ることができる。

柔らかな胸に、滑らかな脇腹に、触れることができる。

「宮城も早く脱ぎなよ」

私の邪《よこしま》な考えを遮るように、仙台さんがブラウスを差し出す。受け取らずにいると、とん、と彼女の指先が腕に当たって、私はその手を摑んだ。

今まで誰に対してもこんなことを考えたことはないけれど、仙台さんの体には触れたいと思う。

ゆっくりと手を滑らせ、二の腕に指を這《は》わせる。強く押すと、グミよりも柔らかくて、マシュマロよりも弾力のある皮膚に指先が埋まる。けれど、胸も脇腹も触ることができない。躊躇ったままの指先がどこか別の場所に触れるよりも先に仙台さんの腕が逃げ出し、ブラウスを渡される。

「交換でしょ。早くブラウス貸してよ」

不機嫌な声で仙台さんが言う。

私は受け取ったブラウスをベッドの上へ置き、首にかけたままになっていたネクタイを結ぶ。そして、立ち上がってクローゼットを開けた。

「ちょっと宮城」

代わりのブラウスを渡そうとしない私を咎《とが》める声が聞こえるけれど、それには答えない。

クローゼットにかかっている服から一枚選んで、それを仙台《せんだい》さんに渡す。

「はい」

「待って。新しいの出してくるなんてずるくない？」

彼女に押しつけたそれは、白いブラウスで学校指定の制服だ。ここは私の部屋だから、着ているものを脱がなくてもブラウスを渡すことができる。

「ずるくない。早く着れば」

「絶対にずるい。宮城も脱ぎなよ」

「今着てるブラウスと交換なんて言ってない」

「……宮城のケチ」

仙台さんが不機嫌そうに眉根を寄せる。でも、すぐに諦めたように手にしたブラウスを広げた。

恨めしそうな目がブラウスを睨《にら》んでから、私を見る。文句を言いそうな顔をしたけれど、なにも言わずに仙台さんが私のブラウスを着て、私のネクタイを締める。

ブラウスのボタンは、二つ外されている。

着心地が悪そうに仙台さんが袖を引っ張る。

そして、もう一度「ケチ」と言った。

◇◇◇

首元が落ち着かない。

ネクタイはきつくもなく、緩くもない程度に締めている。

たぶん、首に巻き付いているこの布きれが私のものではないから、そわそわして落ち着かないのだと思う。

ネクタイを引っ張ってみる。

仙台さんのネクタイは、私の物と見た目も手触りも変わらない。舞香《まいか》も亜美《あみ》もネクタイが変わったことに気がついていないくらいだから、誰が見ても、誰が引っ張っても、ただのネクタイでしかないはずだ。

私と仙台さんだけがネクタイが違うことを知っている。

「志緒理《しおり》、ネクタイ見てないで前見なよ。危ない」

舞香の声が聞こえて、腕を引っ張られる。

ネクタイに向かっていた意識が外へ向かい、シャットアウトされていた音が一気に流れ込んでくる。

行き交う人の声。

車が走る音。

頭の中が耳に響く音で急に賑《にぎ》やかになって、ショッピングモールに向かっていることを思い出す。

買い出しに行くんだっけ。

ネクタイから手を離して前を見る。

面倒でしかない文化祭は数日後に迫っていて、気が進まないけれど私もその準備に追われている。今日は誰かが看板をもう少し飾りたいと言いだしたせいで、材料の買い出しに放課後を捧《ささ》げることになった。

「ぼーっとしてると、仙台さんにぶつかったみたいにまたぶつかるよ」

亜美が笑いながら言って、舞香が呆《あき》れたような声を出す。

「人にぶつかるくらいならいいけど、歩道からはみ出て車にひかれそうで怖いからちゃんとして」

「ごめん」

制服やスーツを着た人たちが交じり合うように歩いている歩道は、いつ人にぶつかってもおかしくない。でも、人ならぶつかっても余程変な人じゃなければなんとかなるけれど、

車はそうはいかない。文化祭がどうなろうとかまわないが、車にひかれて病院送りなんてことになったら困る。通院にしても入院にしても、そんなくだらない予定はいれたくない。

もちろん車道を歩くつもりはないけれど、ショッピングモールに向かっていることが頭から抜け落ちるほどぼんやりしていたらそんなことが起こっても不思議はない。

あれから仙台さんと会えていない。

文化祭の準備と予備校のせいで、予定が合わずにいる。何度か送ったメッセージの返信は予備校があるからと告げるもので、延期になった予定は文化祭の準備で潰れた。病院に行くなんてことになったら、予定はさらに延びることになる。

「志緒理、最近ネクタイよく見てるけどなにかあるの？」

舞香が私のネクタイを指さす。

「別になにもない。上手《うま》く結べてるか気になって」

私は大きく一歩踏み出して、胸元に刺さる舞香の視線から逃げる。けれど、今度は亜美が逃がさないぞという意思を感じる力で私の肩をバンッと叩《たた》いた。

「急に身だしなみを気にし出すとか怪しい。今までそんなに気にしてなかったじゃん」

「怪しくない。なんか変な感じがしただけ。それより、なに買うんだっけ？」

追及されても答えようのない会話を強制的に終わらせる。ついでに、落ち着かない原因になっているネクタイのことを頭から追い出す。

「メモあるから」

そう言うと、舞香がスカートのポケットから折りたたんだ紙を出す。数十分前にはノートの一部だった紙切れを覗《のぞ》き込むと、なにに使うのかよくわからないものまで書いてあった。全部買いそろえたら結構な荷物になりそうだが、教室での作業を手伝うよりはマシだと思う。

私たちはなんだかんだと文句を言いながら、ショッピングモールを目指す。

真夏に比べれば暑くはないけれど、白いブラウスが背中にぺたりとくっつく。仙台さんのブラウスはなんとなく着ることができなくてクローゼットの中にしまってあるから、ネクタイと違ってブラウスは気にならない。でも、仙台さんが私のネクタイとブラウスをどうしたのかは気になっている。

学校の中で、彼女を見かけることはあった。

けれど、見ただけでは制服を構成するそれが私の物なのか、仙台さんの物なのかはわからない。

彼女に会って、私の制服をどうしたのか直接聞きたいと思う。

「早く文化祭終わればいいのに」

私がぼそりと呟《つぶや》いた言葉に、亜美が反応する。

「準備は面倒だけど、文化祭自体は楽しいじゃん。ねえ、舞香」

「だよね。今年が最後の文化祭だし、色々見ようよ」

「……楽しみじゃないわけじゃないけどさ」

亜美と舞香の楽しそうな声に、歯切れ悪く答える。

文化祭というイベント自体は嫌いじゃない。去年はそこそこ楽しかったし、一昨年はほどほどに楽しかった。一部の人が作り出す『イベントを楽しもう』という熱に巻き込まれることが面白くないだけだ。

クラスの中心メンバーだけで盛り上がればいいのに、一緒に盛り上がることを強制されている。今日だって買い出しがなければ、仙台さんを家に呼ぶことができた。

今さら早く帰ってもどうにもならないけれど、早く帰りたい。

そんな後ろ向きな思考に囚《とら》われていると、亜美の前向きな声が聞こえてきた。

「まあ、今日はのんびり買い物して帰ろうよ」

「亜美、今日は個人的な買い物に来たわけじゃないからね？」

舞香がひらひらとメモを振って見せる。

「買い出しなんて適当、適当。サクッとすませて、時間潰して帰ればいいって」

「またいいかげんなこと言って」

「使いっ走りなんて真面目にやってもしょうがないもん。志緒理もそう思うでしょ？」

「まあね」

亜美の気楽さを見習うわけではないけれど、どうにもならないことをどうにかしようと考えるなんて無駄なことだ。面倒な買い出しはさっさと終わらせて、二人となにか楽しいことでもして帰ったほうがいい。

私は、二人と一緒にショッピングモールの中へと入る。

それなりに量があるよくわからない材料は、舞香がメモを片手に買い集めていく。荷物持ちと化した私と亜美は、意思のないゾンビと変わらない。舞香のあとをついて回って使いっ走りの役目を果たす。

「なにか飲みたくない？」

ほぼ舞香のおかげで買い出しが終わると、亜美の一言で次の目的地がフードコートに決まる。

今度は、亜美が先頭に立って歩き出す。

エスカレーターに乗って、くだらない話をして、雑貨屋を通り過ぎたところで、私は足を止めた。

そこは普段は気にすることのないショップで、いつもなら歩く速度すら変わらない。けれど、店頭に並んでいたアクセサリーが目に入った。それはシルバーのチェーンに小さな飾りがぶら下がったネックレスで、仙台さんに似合いそうに見えた。

思わず近寄ると、舞香の声が聞こえてくる。

「なに？　可愛《かわい》いのあった？」

「ううん」

咄嗟《とっさ》に答えると、私を置いて行きかけていた亜美が戻ってきてネックレスを見た。

「もしかして誕生日プレゼント、アクセサリーのほうが良かった？」

「そういうのが欲しいなら、言ってくれたら買ったのに」

舞香が残念そうに言う。

先週、二人から誕生日プレゼントとしてもらったペンケースとブックカバーは気に入っている。ペンケースはもらった日から使っているし、ブックカバーは読みかけの小説にかけてある。どちらも欲しいと言っていたものだから、アクセサリーのほうが良かったなんてことはない。

「欲しいわけじゃなくて、目に入っただけだから」

そう、たまたま目に入って、仙台さんのことを思い出しただけだ。アクセサリーは彼女に払う五千円があれば買える程度の値段で、買えないものではないけれど、私が買って渡すようなものじゃない。大体、ネックレスなんて渡せるわけがないし、渡すきっかけもない。誕生日を知っていれば渡すきっかけにはなりそうだけれど、私は仙台《せんだい》さんの誕生日を知らないし、聞いたこともなかった。

……知ってても、渡さないか。

よく考えるまでもなく、私たちはプレゼントを渡すような仲じゃない。渡せないなら、彼女に似合いそうなものを見つけても無意味だ。

「中、見てく？」

舞香に聞かれて、私はきっぱりと答える。

「見なくていいよ」

「見ないなら、いこっか」

亜美が軽い口調で言って、歩き出す。舞香に「本当にいいの？」と尋ねられたけれど、返事は変えない。見たってしかたがないから、変える必要がなかった。

◇◇◇

仙台さんは来なかった。

昨日も今日も待っていたわけではないけれど、文化祭の二日間、彼女は私のクラスに来なかった。

『宮城《みやぎ》を見に行こうかな』

最後に会った日に仙台さんが口にした言葉は冗談でしかないし、わざわざ私を見に来るような人ではないと知っている。だから、待ってはいない。わいわいがやがや騒がしかった高校最後の文化祭が終わって、片付けも済んで、仙台さんが来なかったなと最後の最後に思っただけだ。

私はクラスの半分ほどが帰った教室を見る。

積極的にやりたかったことではないけれど、カフェの真似事《まねごと》が終わった教室は昼間の喧《けん》噪《そう》が嘘《うそ》のように隙間だらけで少し寂しい。

文化祭自体は楽しかったと思う。

舞香《まいか》たちと一緒に普段は行かないような一年生の教室にも行ったたし、体育館でやっていたイベントも見た。カフェであれこれやらされたこともいつかはいい思い出になるはずだ。

そのどれにも仙台さんがいなかったことは、気にするようなことじゃない。

彼女が変なことを言うからそれが頭に残っていただけで、仙台さんが来ても来なくても関係のないことだ。私は私で楽しかったし、これから舞香たちとご飯を食べて帰ることになっているから、仙台さんなんてどうでもいい。別になんとも思っていない。彼女は今ごろきっと打ち上げだとか言って、茨木《いばらき》さんたちとどこかで遊んでいるに違いない。

私は文化祭の名残が詰まった鞄《かばん》を見る。

そこにはカフェの制服代わりに身につけていたエプロンと、さっきまで着ていたクラスメイトとお揃《そろ》いのＴシャツが入っている。

きっと使うことはもうない。

この場所で来年の夏を過ごすことのない三年生には必要のない夏服と同じだ。十月に入って制服は合服に替わり、半袖だったブラウスは長袖に替わっている。

結局、仙台さんのブラウスには一度も袖を通さなかった。クローゼットの中で眠り続けている彼女の制服を着る機会はもうない。

「志緒理《しおり》、準備できた？」

教室の片隅、舞香に声をかけられる。

「うん」

私は仙台さんのネクタイを締め直して、鞄を持つ。

「じゃあ、お腹空《なかす》いたし、早く行こうよ」

亜美《あみ》の言葉に、三人で教室を出る。

文化祭の最中とは違って人気のない廊下を歩くと、ぺたんぺたんと足音がやけに響く。

階段を下りて下駄《げた》箱が近づいたところで、鞄の中でスマホが鳴った。

「志緒理の？」

舞香の声に頷《うなず》いて、足を止める。スマホを引っ張り出して画面を見ると、そこには仙台さんの名前があった。

『まだ学校にいる？』

短いメッセージは彼女からもらったことのないもので、ネクタイをぎゅっと掴む。

今までこんなことを聞かれたことはない。

学校にいたらどうなるのか。

いなかったらどうなるのか。

初めてもらったメッセージからは、その先を想像できない。でも、どれだけ考えてもその先になにが待っているのかわからないから「いる」とだけ書いて返事を送る。すると、すぐに新しいメッセージが届いた。

『この前のところで待ってる』

この前の一言で通じるほど、私たちは学校で親しくしていない。けれど、その場所はすぐにわかった。

一度だけ、学校の中で仙台さんと二人きりで話をした場所がある。

音楽準備室。

彼女が待っているのは、きっとそこだ。

「ごめん、忘れ物。ちょっと取りに行ってくる。あと今日、駄目になった。お父さん、早く帰ってくるみたいだから」

わざとらしいとは思うけれど、ほかに適当な理由が見つからないから早口に言って踵《きびす》を返す。

「えええー！　一緒に忘れ物取りに行くし、志緒理もご飯食べに行こうよ」

亜美の声が追いかけてきて、私は振り向いた。

「お父さん、早く帰ってこいって言ってるから。ほんと、ごめん。二人で食べてきて」

ぱん、と手を合わせてお願いすると、舞香が迷うことなく言う。

「志緒理が行かないなら、今度でいいよ。ねえ、亜美？」

「そうだなー、予定が合う日にしようか。とりあえず、忘れ物取りにいこ」

「あー。いいよ、悪いし。ちょっと時間かかりそうだから一人で行ってくる」

ごめんね、ともう一度謝ると、亜美がうーんと唸《うな》ってから仕方がないといった顔をして言った。

「じゃあ、先に帰るけど、志緒理が暇な日っていつ？」

「予定合わせるから、二人で決めちゃって」

「わかった。舞香と決めとく」

「ありがと。ごめんね」

私は二人に手を振って、旧校舎に向かう。

生徒の大半が帰った学校は、どこか違う世界に繋《つな》がっていそうな気味の悪さがある。太陽は落ちかけているけれど、外はまだ明るくて廊下もそれほど暗くない。でも、旧校舎に近づくにつれ、見かける生徒の数が少なくなっていくからなんだか怖くなって早足になる。ぱたぱたと響く自分の足音から逃げるように音楽準備室のドアを開けると、楽器に紛れるように仙台さんがいた。

照明の下、彼女に近づくと声をかけられる。

「久しぶり」

何度か廊下ですれ違っているから、久しぶりというほど顔を見ていないわけじゃない。

「学校では話さないって約束でしょ」

「じゃあ、来なければ良かったのに。行かないって返事すれば、それで済んだと思うけど」

楽器が置かれた棚に寄りかかって、仙台さんが微笑《ほほえ》む。

「なんか用があるんだよね？　話があるから呼んだんでしょ」

行かない。

そう返事をすることもできたけれど、そうしなかった理由は自分でもよくわからない。指先が勝手に「いる」とメッセージを送り、口が勝手に舞香たちと一緒にご飯を食べに行けない理由を喋《しゃべ》っていた。けれど、わざわざそんなことを仙台さんに言いたくはない。

「文化祭、一緒に楽しもうと思って」

仙台さんが作ったような声で言って、楽器が置いてある棚をトンッと叩《たた》く。

「文化祭はもう終わってるし、こんなところで楽しむもなにもないじゃん。そういう冗談、面白くないから。話ないなら帰る」

「まだ話、終わってない」

適度に離れていた距離を仙台さんが縮める。思わず一歩下がると、ブラウスの袖を掴まれた。

「宮城と文化祭回りたかったって言ったら、笑う？」

私が文句を言う前に聞こえてきた声は、それほど真剣ではないけれど冗談とも思えない声で返事がしにくい。かと言って、黙っていられるほど私たちの間に流れる空気は軽くはなくて、短く告げる。

「笑う」

「だよね。私も宮城が同じこと言ったら笑う」

「……うちのクラス、来なかったくせに」

一緒に文化祭を回るなんてことはできないことで、それが実現しないことは仙台さんも知っている。でも、本当にそんな風に思う気持ちがあったのなら、私のクラスに顔を出すくらいはするはずだ。

仙台さんは来なかった。

それが答えだと思う。

今日もいつものように私をからかっているだけだ。

「約束はしてない」

素っ気ない声が聞こえて、私の考えが間違っていなかったことがわかる。

「やっぱり帰る」

ブラウスの袖を掴む仙台さんの肩を押す。でも、私たちの距離は近すぎるままで、彼女はブラウスを離してくれなかった。

「羽美奈《うみな》たちがさ、行きたいところがあるってうるさくて」

「なにそれ」

「宮城のクラスに行かなかった理由」

「理由なんて聞いてないし、どうでもいい」

「知りたいかと思って」

「思ってない。帰るからはなして」

「はなさない」

仙台《せんだい》さんが近かった距離をさらに詰めてくる。ブラウスの袖だけを掴んでいたはずの手が私の腕を掴んで、強く引っ張ってくる。

体を動かすつもりはなかったけれど、バランスが崩れて仙台さんに一歩近づく。それはたった一歩で、数十センチくらいのもののはずだったのに、仙台さんがそれ以上に近づいてきたから唇が触れそうになった。

明らかに偶然ではなく意図的な動きに、私は反射的に顔をそらす。でも、仙台さんは逃がしてくれなくて、もう一度顔を寄せてきたから私は彼女の両肩を思いっきり押した。

「こういうのなしでしょ」

もう唇へのキスはしない。

そういうルールを決めたわけではないけれど、そういうことだと思っている。

「夏休みは宮城《みやぎ》からもキスしてきたのに？」

「夏休みは終わったから。だから、もうキスはしない」

「夏休み終わってから、私の耳、舐《な》めたり噛《か》んだりしたよね？」

「耳は関係ないから」

はっきりと告げると、仙台さんが、へえ、と小さな声で言い、私のネクタイを引っ張ってくる。

「宮城。これ、私のだよね？」

「だったらなに？」

「私のネクタイとブラウス欲しがって脱がせたくせに。そんなことするならキスくらいしてもいいと思わない？」

「欲しがってなんかないし、脱がせてもない。交換しただけじゃん」

強い口調で言うと、仙台さんが不満そうに言い返してくる。

「じゃあ、交換終わり。今すぐネクタイとブラウス返して。ここで脱ぎなよ」

「このブラウス、仙台さんのじゃないってわかってるよね？　あとでネクタイと一緒に返すからそれでいいでしょ」

「駄目」

制服は合服になっていて、ブラウスは長袖に替わっている。仙台さんが着ていた半袖のブラウスはここにはない。そんなことは見ればわかるはずなのに、彼女は返事を変えようとしない。

「今、ここで返して」

仙台さんが引くことなく催促してくる。

「命令しないでよ」

「命令じゃない。交換は終わりって言ってるだけ」

「だったら、仙台さんも今、私のブラウス返してくれるんだよね？」

「もちろん」

「合服着てるのに？　返せるわけないじゃん」

「ブラウスなら持ってきてる。ネクタイは宮城のだし、すぐに返せる」

「それ、嘘《うそ》でしょ。文化祭にブラウスなんか持ってきてるわけないもん」

「嘘だと思うなら確かめてみたら？　そこの鞄《かばん》に入ってるから、開けていいよ」

仙台さんが振り向いて、楽器が置かれている棚を見る。彼女の視線を辿《たど》ると、そこに見慣れた鞄が置いてあった。

開けて確かめるなんて無意味だと思う。

これだけ強く言うのだから、鞄の中にはブラウスが入っているはずだ。仙台さんなら、こうなることを考えてブラウスを用意していてもおかしくはない。

「……なにが目的なの？」

「キスさせてくれたら、今すぐ交換できないこと許してあげる」

「ずるい。交換するなら、前もってするって教えてよ。そしたら今日持ってきた」

「宮城だってずるいじゃん。この前、ブラウス脱がなかった」

「あれは着てるヤツを交換するなんて言ってないし、ずるくない」

「交換の期間だって決めてなかったんだから、私が今すぐ返してって言うのもずるくないでしょ。お互い様だと思うけど」

今の仙台さんはまともじゃない。

こんなことを言う人じゃなかった。

私を思い通りに動かそうとすることはあっても、ここまで強引に自分の欲求を突きつけてくるようなことはなかった。なにがどうしてこうなったのかわからない。

文化祭が終わるまで会えなかったから。

思い当たる理由なんてそれくらいだけれど、仙台さんがそんなことで変わってしまうとは思えない。

「お互い様じゃないから。大体、学校では話さないって約束じゃん。ちゃんとルール守ってからそういうこと言ってよ」

じゃないと、私までおかしくなる。

仙台さんがしっかりしていてくれないと、壊れたコンパスみたいに方向が定まらない。行ってはいけない場所に向かってしまう。そこが後戻りできないようなところだったら困る。仙台さんは数ヶ月後には私を置いていってしまうから、これ以上深く関わりたくない。

「……文化祭、楽しそうにしてた宮城が悪い」

ぼそりと仙台さんが言う。

「なんで楽しそうにしてたってわかるの」

「見かけたから」

「仙台さんだって楽しかったでしょ」

去年の文化祭で、彼女が楽しそうに笑っているところを見た。今年は見てはいないけれど、きっと変わらなかったと思う。

でも、返事がない。

代わりに、私の腕を掴んでいた手から力が抜ける。

「そんなにキスされたくないなら逃げれば。逃げるくらい嫌だって人にキスしたりしないから。宮城が逃げるなら逃がしてあげるし、追いかけないであげる」

「それって、選べってこと？」

「そういうこと。宮城に選ばせてあげる。私はそれに従うから」

「……やっぱり、仙台さんはずるい」

いつだって彼女は選ばない。

決定権を私に委ねて、様子を見ている。

そして、与えられた選択肢は選択すべきものが決まっている。

「早く決めて。じゃないと、選べなくなるよ？」

そう言うと、仙台さんは私から手を離した。

第４話　宮城としたいこと、宮城がしたいこと

宮城が選んだのか、諦めたのかはわからない。

ただ、彼女は逃げ出さなかった。

手を離しても私の前にいる。

音楽準備室に宮城を呼び出したのは、私がいないところで文化祭を楽しんでいた彼女と少し話をしたかっただけで、キスをしたかったからではない。宮城に恨み言の一つか二つ言ったら、彼女を解放しようと思っていた。だから、私の中にあったのは鬱屈したものではあったけれど、それなりに健全な思いだった。

それが――。

文化祭の二日間、私を待っていた。

正確には少し違うけれど、宮城がそういう風に取れる言葉を口にするから少し話をするだけのはずがこんなことになった。

全部、予想外のことを言った宮城が悪い。

半分くらい冗談だった私の言葉を宮城が覚えているなんて思っていなかったし、あんな風に言ってくるなんて思わない。私が行き過ぎた行動をする理由になると思う。

「宮城」

小さく呼んで頰に触れても逃げない。不服そうではあるけれど、私の前にいる。それは私がこれからすることを宮城も了承したということで、ゆっくりと顔を近づける。宮城は動かない。でも、文句を言いだしそうな顔をして私を見ている。

「目、閉じたら」

私を見ている宮城に告げる。

「言われなくても閉じる」

聞こえてくる声には不満が滲《にじ》んでいて、素直に目を閉じるつもりがないとわかる。こういうことはよくあることで、頰に触れたままの手をぺたりとくっつける。それでも宮城は目を閉じずにじっと私を見ているから、これからキスされる人間とは思えない。

雰囲気なんて気にする仲じゃないけどさ。

私は仕方なく先に目を閉じて、唇を重ねる。

感触は、夏休みにキスをしたときと変わらない。

柔らかさも、温かさも、よく知っているものだ。けれど、心臓だけが違っていた。学校という場所が悪いのか、自分でも驚くほど心臓の音がうるさい。体の中で響き続ける心音に耐えかねて、ほんの少し触れただけで唇を離すと、腕をぎゅっと掴まれた。

振りほどくほどではないけれど強く腕を握ってくる手を辿って、宮城を見る。噛みつきそうな目をしているけれど、噛んではこない。私のことを素直に受け入れたとは言い難《がた》い目だが、嫌がっているわけではないらしい。宮城なら、噛みつきたかったらとっくに噛みついている。

じゃあ、この手の意味は――。

視線を落として、私の腕を掴んでいる手を見る。

「宮城、痛い」

返事はない。

私の声が聞こえているはずなのに、手が腕から離れない。それどころか、爪が食い込むほど強く握られる。

宮城の顔を見ると、不機嫌そうな表情をしていた。

少し顔を近づけてみる。

宮城はなにも言わないし、動きもしない。

体を近づけずに離すと、腕を引っ張られる。

こうやって、小さな仕草で私を引き留めようとする宮城《みやぎ》は嫌いではない。

「もう一度してもいい？」

答えは聞かなくてもわかっているけれど、わざわざ聞く。宮城は口を開かないし、頷《うなず》いたりもしない。代わりに、催促するようにまた腕を引っ張ってきた。

逃げ出されても困るから本人には言わないけれど、こういう反応は可愛《かわい》いと思う。

ゆっくりと顔を寄せる。

今度は宮城が先に目を閉じて、唇が重なる。

心臓の音は相変わらずうるさくて速い。

宮城とキスなんて何度もしている。

慣れるほどした。

でも、たぶん、私は緊張している。

唇が軽く触れているだけで、強く押しつけたり、舐《な》めたりもしていないけれど、重なっている部分がやけに熱く感じる。宮城の肩を摑むと、手も熱くなったような気がしてくる。

触れている部分が増えたことで心臓がさらに落ち着きをなくして、苦しい。

離したくないけれど顔を離すと、宮城の手はまだ私を摑んでいた。けれど、力はそれほど入っておらず痛くはない。

もう一度キスをするか迷ってから、さっきよりも強く唇を重ねる。

宮城は逃げない。

私の心臓も少し大人しくなる。

宮城と離れたくなくて、一度目よりも、二度目よりも長くキスをする。

誰といるときよりも近い距離に宮城がいる。

触れ合った部分で体温が混じり合っている。

そういう全部が気持ちいい。

もっと宮城の熱を感じたくて舌先で唇に触れると、さすがに肩を押される。素直に三歩離れると、宮城が口を開いた。

「そういうキスはしていいって言ってない」

「そういうってどういうキス？」

「どういうって、今みたいなの」

「はっきり言ってくれないとわからない」

「わかんないなら、どんなキスもしないでよ」

こういうとき、宮城は言葉を濁す。それは好ましい反応だけれど、追及したらどうなるかが知りたくて余計な言葉を口にしてしまう。こんなときはいつだって宮城の機嫌が悪くなり、声も低くなる。

よくあることだと片付けることもできるけれど、今日は機嫌を損ねたくない。でも、もう少し宮城の反応をみたくもある。

「今みたいなのじゃなきゃ、いいんだ？」

怒られそうだと思いながらも二歩近づいて顔を寄せると、不機嫌な声が聞こえてくる。

「あれから一ヶ月くらいしか経《た》ってないのに。もう少し我慢しなよ」

〝あれ〟が指しているのは、きっと夏休み最後の日だ。あの日から、私たちの唇が触れ合うようなことはなかった。

「それ、宮城は我慢してたってことで、キスしたかったたってことになるけどいいの？」

我ながら意地悪だなと思うが、どんな答えが返ってくるのか興味がある。

「勝手に変な解釈しないでよ。そういうことばっかり言って面白い？」

「面白い」

「仙台《せんだい》さん、最低」

キスしたかった。

宮城がそんなことを言うわけがないが、そう言ってほしかった私がいる。

夏休みのようなことが起こったら困る。

ああいうことを続けてはいけない。

そう思っていたけれど、宮城とまたキスをしてしまった今はどうしてそんなことを思っていたのかわからなくなっている。本屋で五千円を渡された日に決めたルールだって無意味に思える。

「キスくらい、別にいいんじゃないの。こんなのもうルール違反じゃなくなってる」

「よくない」

きっぱりと宮城が言う。

「じゃあ、いいっていうルールにしなよ」

「しない」

五千円と引き換えに宮城の命令をきく。

ただの暇つぶしで引き受けたことだったけれど、今はもう暇つぶしの範疇《はんちゅう》を超えている。過去に決めた約束は鬱陶しいくらいで、頑《かたく》なにルールを守ろうとする宮城は頭が固すぎて嫌になる。

世の中には〝臨機応変〟という便利な言葉がある。

誰にもバレなければ学校で話をしたっていいし、キスをしたっていい。私たちの関係が誰にも知られなければ、それくらいゆるいルールでも問題ないはずだ。

「宮城はそんなにキスしたくない？」

「そういう聞き方はずるい」

「っていうことは、したいってことでしょ。譲歩しなよ」

「……こんなこと続けてたって、どうせ仙台さんは遠くに行っちゃうじゃん」

「同じ大学受ければいい」

「仙台さんがここに残ってよ」

「え？」

絶対に宮城が言いそうにない言葉が聞こえて思わず彼女の顔をじっと見ると、唇がきつく引き結ばれた。

「宮城？」

呼んでも返事はない。

代わりに、視線が外される。こっちを見て欲しくて頬に触れると、宮城が冷たい声をだした。

「触らないで」

声を無視するように手のひらを押しつける。いつもの宮城なら手を払《はら》い除《の》けてくるけれど、今日は払い除けられない。

「仙台さん、ネクタイ返して」

宮城が頰に置いた手を合理的に離させる言葉を口にする。断る理由もないから素直にネクタイを外して渡すと、宮城から私のネクタイが返ってきた。

私は彼女がなにか言う前に、もう一つの返さなければならない物のことを告げる。

「私のブラウス、宮城にあげる。もう着る機会もないし持ってて。宮城のブラウスは返したほうがいい？」

彼女にはブラウスを持ってきたと言ったけれど、鞄《かばん》の中に返すべき物は入っていない。返せと言われても返せないが、私が困るようなことにはならないような気がする。

「別に今日じゃなくていい」

曖昧な言い方ではあるけれど、宮城がブラウスを私に託す。そして、話を変えるように言葉を付け足した。

「今日、なんで呼び出したりしたの」

「文化祭、一緒に楽しもうと思って。って、さっき言ったでしょ」

「ちゃんと答えて」

「ずっと会ってなかったし、少し話がしたかったから」

文化祭の前、宮城はこのイベントにさして興味がなさそうに見えた。けれど、今日見かけた彼女は随分と楽しそうだった。

結局、宮城は私と会わなくても楽しそうだし、会いに行けたとしてもきっと不機嫌な顔しかしない。そして、私は学校では宮城に話しかけることもできない。おまけに去年は楽しかった文化祭が、今年はそれほど楽しくなかった。去年と同じように過ごしたはずなのに、同じようには思えなかった。

だから、宮城にメッセージを送った。

つまらないまま文化祭を終えたくない。

それくらいの理由だ。

「話って、あれが？　ああいうの、話って言わない」

宮城が低い声で言う。

「ちょっと行き過ぎたけど、話はしたでしょ」

話以外もしたが、話もした。

大雑把にまとめれば、話をしたと言っても問題はないはずだ。

「してない」

「したでしょ。話し足りないならもっと話をしてもいいけど」

「足りないなんて言ってない」

宮城が不満がありそうな顔で「むかつく」と付け加えたが、それ以上の文句を私にぶつけるつもりはないようだった。

「そろそろ帰ろうか」

尋ねると言うよりは決定事項として告げると、宮城が頷く。ここに長い時間いたわけではないけれど、文化祭が終わってから結構な時間が経っている。日が落ちる時間は早まっていて、外はもう暗い。

「先に出る？」

一緒に歩いているところを見られたくないであろう宮城に配慮して尋ねる。

「……仙台さんが先に出て。私、下駄箱《げた》まであとついてくから」

「あとついてくるって、誰かに見られるかもしれないけどいいの？」

「見られても困らない程度に離れるし、それに――」

「それに？」

途切れてしまった言葉に続くものは、なんとなく想像できた。

それでも聞き返したら、不機嫌な声が聞こえてくる。

「旧校舎怖いから」

「手でも繋《つな》いであげようか？」

「そういう余計なことしなくていいから、早く行ってよ。暗くなるじゃん」

「もう暗いし、隣歩けば？」

「絶対に歩かない。早く廊下出て」

眉間に皺《しわ》を寄せた宮城《みやぎ》がドアを開ける。そして、私の背中を押した。

私は、仕方なく歩き出す。

ぺたぺたと軽い足音が響いて、追いかけるようにもう一つ足音が聞こえてくる。振り返ると宮城が見えて、文化祭の最中よりはマシな気分になった。

◇◇◇

宮城が止めてくれたのに、私は自分を止められなかった。

冷静になって考えなくてもわかる。

今日の私はおかしかった。

私は夏休みに宮城が〝よくある部屋〟と称した自室で小さく息を吐き、ベッドに腰掛ける。

学校で宮城を呼び出してキスを迫るなんてどうかしていた。

それどころか実際にキスをした。

でも、後悔はしていない。

宮城も逃げ出さずにいたのだから同罪だ。私となにも変わらない。宮城も望んだからキスをした。そういうことで間違いないと思う。

――なんて、こんなの嘘《うそ》だ。

キスを許したのは宮城だけれど、キスを迫ったのは私で、私がそういうことをしなければあんなことにはならなかった。今の私は、自分を誤魔化しているだけだとわかっている。わかっているけれど、この期に及んでまたキスがしたいなんて考えているから、私は地獄に落ちたほうがいいと思う。

ため息は脳みそまで吐き出すくらいついた。

それでも肺の中を空にするようなため息をついて、ベッドに寝転がる。

部屋の壁にはブラウスが一枚、ハンガーにかけてある。

半袖のそれは宮城の物だ。結局、返すことなくずっと壁に掛けっぱなしになっているから、そこがブラウスの定位置になっている。

「片付けよ」

立ち上がって、ブラウスを畳む。チェストの中、宮城からもらった、というよりは押しつけられた長袖のカットソーの隣にしまう。宮城の物が増え、私の部屋を侵食していく。貯金箱の中に入っている五千円も宮城からもらったものだ。卒業しても、彼女の痕跡は残り続ける。

五千円は使ってしまえばいいし、服は捨ててしまえばいい。

わかってはいるけれど、相変わらずそんな誰にでもできそうなことができずにいる。キスすら我慢できない私には、宮城に関することはどんな簡単なことも難しくて上手《うま》くできない。

ため息代わりに大きく息を吐くと、机の上でスマホが鳴る。

どうせ羽美奈《うみな》だろうと画面を見るとやっぱり羽美奈で、今日は楽しかっただとか、今度はほかの高校の文化祭に行きたいだとか躍り出しそうな弾んだ文字が並んでいる。まともな返事をするのも面倒で、そうだね、と返してスマホをベッドに放り投げ、机に向かう。

文化祭が終わったばかりであまり良いスケジュールとは言えないが、二週間もしないうちに中間テストが始まる。受けると決めた大学へ行けるだけの成績は維持しているが、何事にも絶対はないから勉強をしないわけにもいかない。

今さら、志望校を変えるつもりはない。

でも、宮城の言葉が気になっている。

仙台《せんだい》さんがここに残ってよ。

そう本気で言っているように見えたけれど、宮城が言いそうにない言葉だ。けれど、気まぐれに口にするには重い言葉に思える。

志望校を変えてここに残る。

そういう選択肢は考えたことがなかったし、ありえないと思う。それは、この家から出られないなら大学へ行く意味がないからだ。大学卒業まではどんな大学を選んでも親が面倒を見てくれることが決まっている。だったら、ここを離れられるような大学がいい。

もしも。

ここに残ったら卒業式が終わっても宮城との関係は終わらない。

そんなことを考えたくなるけれど、そんなことはないと思う。

ここにいたところで、宮城が私の隣を歩くような未来は来ない。

頑《かたく》なな宮城は〝この関係は卒業まで〟という約束を守るだろうし、守らなかったとしても今日と同じように「絶対に歩かない」と言って隣には来ないだろう。

右手を照明に透かせるように上げて、じっと見る。

帰《かえ》り際《ぎわ》、手でも繋いで、と宮城に言った言葉は半分くらい本気だった。

怖いなら手くらい繋いであげる。

そう思ったし、もっと言えば私の後を黙ってついてくる宮城の手を摑んで、繋いで歩きたいと思った。

天井に向けて上げた手を握って、開く。

夏休みには、宮城と手を繋ぎたいとは思わなかった。

学校で宮城とぶつかったときも、手を繋ぎたいとは思わなかった。

触れたくなることはあっても、それだけだった。

でも、今日は宮城と手を繋ぎたいと思った。

宮城と会ってからの私は、過去の自分を否定しながら生きている。おかげで、明日がどうなるかすらわからないから気が滅入《めい》る。

目に映る手はただの手で、宮城の手とあまり変わらない。大きさは身長の分、私のほうが少し大きいかもしれないけれど、特筆すべき点がないような手だ。夏休みと同じ手でなにも変わらないはずなのに、宮城と手を繋ぎたいと思っている。この手が取れて落ちたら、宮城の元に向かっていきそうな気さえする。

繋ぐという行為だけを考えれば、羽美奈とでも、麻理子《まりこ》とでも繋げる。二人となら、繋ぎたいときに繋ぎたいだけ繋げる。もっとほかの誰かと繋いだっていい。それくらい手なんて誰とでも繋げるのに、繋ぎたい相手は限定されている。

期間限定だとか数量限定だとかいう限定モノはレアなもののような気がしてテンションが上がるけれど、〝宮城限定〟というのは困る。なにもかもが宮城に限定されていくと身動きが取れなくなる。行動が制限されすぎると思う。

私の行動が宮城に制限されるのは、放課後だけのはずだ。

それにキスはとっくにしていて、それ以上のこともしかけている。今さら手を繋ぎたいなんて順番がおかしい。

私はため息とともに、手を下ろす。

手は繋がなくても大丈夫。

これくらいは我慢できる。それは断言することができる。

問題は、キスをしないとは断言できないことだ。

思わず今日何度目かわからないため息が漏れる。

「……宮城のせいだ」

私は今日、キスをしたいと言えば、宮城が渋々でも受け入れることを知ってしまった。きっとまた同じことを言えば、宮城は受け入れてくれる。そう思うと、今日と同じことをしないとは言い切れない。卒業式ですべてが終わるなら、無理に我慢を重ねる必要はないと思えてくる。

いくら友だちではないと言っても、なにをしてもいいわけではないことはわかっているけれど。

たぶん、私は理性が緩まないように留めていたネジの一つを音楽準備室に落としてきた。

そして、困ったことにそれを捜すつもりがないし、新しく用意するつもりもない。

「あー、とりあえずテスト勉強しよ」

宮城のことを考え続けていても、彼女との正しい関係性なんてわかりはしない。今は、必ず正解がある中間テストに向けて勉強をするほうが楽な気がする。

それに、なにかしていたほうが気が紛れる。

私は机の上に教科書とノートを開いて置く。

ベッドの上ではまたスマホが鳴っていたけれど、教科書に視線を落とした。

◇◇◇

文化祭が終わってから、時間にして一週間くらい。

学校は中間テスト一色に染まっている。

長くもなく、短くもない。

けれど、すぐと言うには長いと思う今日。

宮城からいつものメッセージが届いた。

あのあとすぐに呼ばれてもどうしていいのかわからなかったから、私にとって長い時間でも丁度良かったとは思う。宮城も私に会いにくかったのかな、と想像するくらいの期間があったおかげで冷静さを失うことなく彼女の隣に座っていられる。

すれ違いばかりでなかなか来られなかったが、この部屋の居心地は相変わらずいい。やけに宮城の視線を感じるけれど、秋なのに夏のように暑くて合服のベストを脱いでいるせいかもしれないと思う。ブラウスのボタンは上から二つ外しているから、いつもと違うと文句を言われる筋合いはない。

「中間テスト、上手くいきそう？」

教科書を一ページめくって、間近に迫っている試験について尋ねる。

「わかんない」

宮城が私から視線をそらす。

「夏休み、勉強教えたじゃん」

「そうだけど。教えてもらったから必ずテストが上手くいくってものでもないし」

「成績上がると思うけど」

夏休みは人には言えないようなこともしたが、それ以上に勉強もした。成績が上がらなければおかしいし、上がらなければ困る。でも、宮城《みやぎ》は「上がりそうだ」とも「上手くいきそうだ」とも言わない。

「中間テスト、終わったら結果見せてよ」

催促するようにペンで宮城の腕をつつく。

「なんで仙台さんに見せなきゃいけないの」

「夏休み、家庭教師したから。その成果知りたいじゃん」

「それはそうだけど」

「私のも見せるからさ」

「見せなくていい」

「じゃあ、私のは見せないから宮城の見せて」

「どうでもいいじゃん。私の成績なんて」

宮城は投げやりに言うけれど、どうでもいいものなら見せてくれなんて頼まない。

彼女の成績がはっきりとわかれば、受かりそうな大学がわかる。もっと言えば、同じ大学に行ける可能性があるのかどうかがわかる。私に宮城の志望校を変えさせる権利はないし、変えろと強要するつもりもない。けれど、テストの結果を知りたいと思う。

「どうでも良くない。大学入ったら家庭教師のバイトするつもりだし、そのときの参考にする」

「嘘《うそ》っぽい」

「ほんとだって」

大学に入ったらなんらかのバイトをするつもりだが、家庭教師と決めているわけではなかった。でも、選択肢には入るかもしれないから、まったくの嘘というわけではない。

「見せてよ」

もう一度言うと、宮城が心底嫌そうな声で答えた。

「……見せてもなにも言わないなら見せる」

「なにもって？」

「点数が低いとか、こんなところ間違えてるとかそういうこと」

「そんなこと言わないって」

「じゃあ、見せてもいい」

見せたくないという顔をしたまま宮城が言う。

本当に見せてくれるのか疑わしい声だったが、本人の言葉を信じるしかない。約束ね、なんて付け加えたり、本当なのかと問い詰めたりしたら、嫌々でも見せると言った言葉を翻《ひるがえ》して絶対に見せないと言いだしそうだ。

私は「見るだけでなにも言わないから」ともう一度伝えてから教科書を見る。問題をいくつか解いてから隣に視線をやると、宮城は下を向いてはいたけれど教科書も問題集も見ていなかった。

静かな部屋にトントンと指先がテーブルを叩《たた》くリズミカルな音が響く。

それは宮城が立てている音で、うるさくはないが気になるし、集中できない。もちろん、音を立てている本人も集中しているようには見えない。

一体、なんなんだ。

最近、と言っても文化祭前まで遡るけれど、宮城は真面目に勉強していた。それが今日はやる気が感じられない。

中間テストが近い。

真面目に勉強してくれなければ困る。

私は指先でテーブルを叩き続ける宮城に声をかけようとしたけれど、先に声をかけられた。

「仙台さん」

「なに？」

トントン、という音が止《や》む。

そして、宮城も静かになる。

私を呼んだにもかかわらず、彼女はなにも喋《しゃべ》らない。

「宮城？」

用もなく私を呼ぶはずのない宮城を見る。すると、少し間を置いてから小さな声が聞こえてきた。

「……仙台《せんだい》さんの誕生日っていつ？」

「え、私の？　急になんで？」

予想もしなかった言葉に思わず聞き返す。

「なんででも」

「宮城はいつ？」

「九月。もう終わった。私のことはいいから、仙台さんの誕生日教えてよ」

言いたくないとか、聞いているのは私だとか。

そんな文句が返ってくるのかと思ったら、すんなりと答えが返ってくる。それは文句を言う余裕すらないように思える態度で、私も素直に答えることにする。

「葉月《はづき》」

「それ、名前じゃん」

「そうじゃなくて。皐月《さつき》、水無月《みなづき》、文月」

旧暦の月名を五月から順番に言っていくと、宮城が〝葉月〟が持つ名前以外の意味に気がつく。

「――八月？」

「そう、八月に生まれたから葉月。単純でしょ」

和風月名で八月は葉月。

だから、八月に生まれた私は葉月と名付けられた。あまりこだわりが感じられない名前の付け方だと思うが、〝はづき〟という響きは気に入ってる。

「で、なんなの？」

唐突に聞かれた誕生日がどういう意味を持っているのかわからず、宮城に尋ねる。けれど、彼女は誕生月と名前の関係に感想を言うわけでもなければ、生まれた日にちを聞いてくるわけでもなく黙ったままだ。誕生日を教えろと言ってきたわりに淡泊な反応だと思う。

誕生月だけが必要になるシチュエーションって、なんだろ。

宮城は八月と言ったきり下を向いているから、余計に誕生日を聞かれた理由がわからない。

「聞いたことに特に意味がないなら、勉強しなよ」

宮城はわけのわからないことを言うけれど、無意味な言葉はあまり口にしない。だから、誕生日を聞いたことに意味がないなんてことはないと思うが、聞いても答えないのだから仕方がない。

私は、教科書に視線を落とす。

けれど、宮城は勉強をするどころか急に立ち上がる。そして、机の引き出しから小さな箱を一つ持ってきた。

「これ、あげる」

感情のこもらない声とともに、宮城がその箱を私の教科書の上に置く。

「あげるって、なにこれ？」

私は目の前に置かれた小さな箱を見る。

「……なにって、あげるものが入ってる」

「それはわかるけど、そうじゃなくて。なんで突然プレゼントみたいなものが出てくるの？」

「いいじゃん、別に。あげるって言ってるんだから、もらいなよ」

本当は聞かなくても、箱がなんのためのものかわかった。ただ、宮城の言葉で答え合わせをしたかっただけだ。

「これ、誕生日プレゼントってことでいいの？」

追及したところで正解をくれるとは思えないから、答えを自分で口にする。

「仙台さんがそう思うなら、誕生日プレゼントでいい」

本当に素直じゃない。

小さな箱は綺麗《きれい》にラッピングされていて、わざわざ用意したものだと主張している。誕生日を聞かれてこんなものが出てくれば、言われなくても誕生日プレゼントだとわかる。宮城が認めない意味がわからない。さらに言えば、私の誕生日プレゼントを用意した意味もわからない。

知りもしなかった誕生日のためにプレゼントを用意しておくなんてどう考えてもおかしいし、私たちは誕生日プレゼントを贈り合う仲ではない。

「誕生日が来てなかったら、どうするつもりだったの？」

「どうもしない。これが誕生日プレゼントだったとしても、当日に渡さないといけないって決まりないもん」

「そこまでして誕生日プレゼント渡すって、なにか理由があるでしょ」

「いらないなら返して」

宮城が乱暴に言う。そして、私の返事を待たずに教科書の上の箱を奪っていくから、咄《とっ》嗟《さ》に彼女の手を摑むことになった。

「待ちなよ。これ、返したらどうなるの？」

「捨てる」

「すぐそういうこと言う。捨てる必要ないでしょ」

「私は使わないものだし、ほかにあげる人いないから」

意味なく用意されるはずのない誕生日プレゼントの謎はまだ解けない。でも、のんびりと謎を解いている暇はなさそうだ。もらうことを躊躇《ため》っていると、宮城は本当に箱を中身ごとゴミにしてしまうだろう。

「とりあえずもらうから、貸して」

宮城の手から小さな箱を救い出し、尋ねる。

「開けてもいい？」

「開けなかったらあげた意味ない」

宮城が言葉を投げ捨てるように言う。私にいちいち突っかかってくるところをみると、あまり機嫌が良くないらしい。

彼女はカカオ九十九％のチョコレートを口いっぱいに頰張ったような顔で、綺麗に包まれた箱を見ている。こんな不機嫌な顔をして誕生日プレゼントを渡してくる人を初めて見た。きっと、宮城《みやぎ》が最初で最後だ。

開けにくいな。

突き刺さる視線に小さく息を吐く。ラッピングをペリペリと丁寧に剝がして箱を開ける。すると、中には銀色のネックレス――分類するならペンダントと呼ぶべきものかもしれないけれど、とにかくアクセサリーが入っていた。

月をモチーフにした小さな飾りがぶら下がったそれは、私には可愛《かわい》すぎる気がする。宮城のほうが似合うかもしれないと思いながら手に取って、飾りやチェーンを見る。高いものだったらどうしようとブランドを確認してみると、そういうものではないらしい。

宮城からは、もう五千円をもらっている。このアクセサリーが誕生日プレゼントかどうかは別にして、さらに物をもらって平気でいるほど厚かましくはない。

「お返しになにかプレゼントする。なにがいい？」

箱の中にペンダントを戻しながら尋ねる。

「なにもいらない」

「なんでもいいってこと？」

「お返しとかしなくていいから」

宮城が思いのほか強い口調で言う。

「結構、傷つく言い方なんだけど。それ」

お菓子をもらったお返しとか、ノートを借りたお返しとか、ちょっとしたものをプレゼントしたり、もらったりすることはよくあることだ。誕生日プレゼントなんてもらったら返すことが礼儀と言ってもいいくらいで、それを強く断る宮城は空気が読めない。いや、私からじゃなければ受け取るのかもしれない。

たとえば、宇都宮《うつのみや》からとか。

これはあまり考えないほうが良さそうなことで、私は箱の蓋を閉める。

「なにか渡すのは私だけで、仙台さんはしなくていい。そんなことより、それ、今つけて。命令だから」

そう言うと、宮城がせっかく閉めた蓋を開けた。

「いいけど。こういうのって、渡したほうがつけてくれるんじゃないの」

「自分でつけて」

「普通、つけてあげるって言うでしょ」

「言わない」

予想はできていたけれど、宮城が素っ気なく言う。

こういうところは可愛くない。

「あっそ」

つけてほしいわけではないけれど、宮城の言い方は面白くないと思う。でも、今の彼女にはなにを言っても無駄だ。つまらないことを言えば、ろくなことにならない命令が付け加えられるに決まっている。

私は箱の中からペンダントを取り出す。

そして、クラスプを外してゆっくりとそれをつける。

「つけたよ」

指先でペンダントトップを撫《な》でながら、宮城を見る。アクセサリーは嫌いではないけれど、制服と一緒につけることはないから胸元が落ち着かない。

「見たらわかる」

「そうじゃなくてさ。なんか言うことないの？」

「触ってもいい？」

「感想言いなよ」

触ることを許可したわけではなく感想を求めたはずが、宮城の手が当たり前のように伸びてくる。彼女がお世辞でも似合ってるなんて言うとは思っていなかったから、感想が返って来ないことは予想していた。でも、触られることは予想していなかった。反射的に体を引いたけれど、先に宮城の手が私に触れる。

指先がするするとチェーンを辿《たど》る。

微《かす》かに肌に触れる指がくすぐったい。

「チェーン、少し長くない？　もう少し短いほうが好みなんだけど」

あまり良い動きだとは言えない指先を捕まえて、たいして気にしていないことを文句にして口にする。

「これより短いと学校で見えるけど」

宮城が長さを確かめるようにチェーンを引っ張って離す。

「これ、学校でもつけとくの？」

「卒業式までつけてて」

「高校卒業するまでずっとってこと？」

「そう、ずっと。学校でも家でもつけててよ」

「それも命令？」

「命令」

強くもなく、弱くもない声で宮城が言う。

ペンダントはペンダント以外の何ものでもない。ただのアクセサリーにしか見えないし、ずっと身につけていてもおかしなものではないと思う。

けれど、宮城の言葉でわかった。

きっとこれはただのアクセサリーではない。

宮城は、なんの意味もなく私にプレゼントを渡すような人間ではない。口に出したら宮城が当たり前のように肯定しそうだから言わないけれど、ペンダントは所有権を明らかにするための首輪に近いものに思える。そうじゃなければ、身につけることに対して〝卒業式まで〟なんて期限はつけない。

「学校は命令の範囲外」

たかがアクセサリーだけれど、宮城からもらったものだと思うと緩やかに首を絞められているみたいで少し苦しい。

今までも似たようなことはあった。

キスマークだったり、噛《か》み跡だったり。

だが、それは時間が経《た》てば消える印で、アクセサリーのようにずっと残るものではなかった。このプレゼントは、ほとんど重さがないもののはずなのにやけに重く感じる。学校にいるときくらいは外したくなる。

「じゃあ、それつけるくらいならいいっていうルールにしてよ。仙台《せんだい》さん、たまには譲歩して」

音楽準備室で私が口にしたことと同じようなことを宮城が口にする。

今になって過去の自分に刺されるようなことになるとは思わなかった。

「譲歩か。……なら、宮城がつけてくださいってお願いしたらきいてあげる」

絶対に彼女がしないことを条件につける。

「じゃあ、いい。つけてもつけなくても好きにしたら」

「宮城。こういうときは素直にお願いしたら？」

「やだ」

思った通り、宮城は一度口にした命令を引っ込めた。

これで、ペンダントのつけ外しは自由だ。

宮城を見ると、隣で不機嫌そうに黙り込んでいる。

トン、と指先がテーブルを叩《たた》く。

もう一度トンという音が聞こえて、宮城がペンダントが入っていた箱を手に取る。

たぶん、プレゼントを渡したことを後悔している。

わかってる。

譲歩する必要がないことくらい。

宮城は、私にお願いをしなかった。

だから、命令は機能しない。

わかっているのに口が勝手に動く。

「……つけておくだけでいいなら卒業式までつけとくけど、見つかって没収されても知らないよ」

私は、宮城の手から小さな箱を取り返す。

自覚していることだし、何度もそうしてきたことだけれど、私は宮城には甘い。範囲外の命令を受け入れて、ペンダントをつけ続けることを選ぶくらいに甘い。

「ボタン、上から二つ目外さなかったら見えないと思う」

宮城が私のブラウスを見ながら静かに言う。

「見えそうな気がするけど」

「ボタン、二つ目留めてみて」

ブラウスのボタンを二つ外している私は、言われた通りに留める。そして、学校と同じように一番上のボタンだけを外した状態で尋ねた。

「見えてない？」

「大丈夫、見えない」

「ならいいけど」

「……仙台さん。これから先、それ誰にも見せないで」

「え？　見せないの、難しくない？　体育とか着替えあるし」

「絶対に私以外に見せないようにしてよ」

宮城の命令は無理難題と言ってもいい。

なるべく見せないようにはできるが、着替えなければいけない授業がある以上、ペンダントを見せずに過ごすことは難しい。しかも、私以外に、という言葉が頭についていた。それは宮城は例外という意味で、すぐに一つの結論に辿り着く。

「宮城には見せないといけないわけ？」

「仙台さん、ここではいつも二つ目のボタン外してるし、見える。あと、命令したら見せて」

「見えるんなら、わざわざ命令しなくてもいいでしょ」

「よく見せてってこと」

「……その命令、エロくない？」

制服を脱げという命令ではないから、ペンダントを見せろという命令はルールの範囲内だとは思う。

でも、『私が自主的にボタンを外したら見えた』と『命令したらよく見せろ』は結果だけみれば似たようなものだが、心理的にはかなり違う。宮城《みやぎ》に言われて見せなければいけないというのは、酷《ひど》く節度がない行為に思える。

「エロくない。今、見せて」

ほんの少し前にボタンを留めろと言った口が、今度は外すことを強制しようとする。

「やっぱりエロいじゃん」

「仙台さんほどじゃない。大体、いつもボタン二つ外してるんだから黙って外してよ」

「本当にまた外すんだ？」

「外さないと見えない」

二つ目のボタンは宮城が言うようにここではいつも外しているけれど、ペンダントを見せるという条件がついたせいで、なんとなく外しにくい。迷っていると、宮城が「命令だから」と付け加えてくる。

「外せばいいんでしょ」

大したことのないものを大したことがあるように扱うと本当に大げさなことになってしまうから、大人しく留めたばかりのボタンを外す。

「これでいい？」

胸元に宮城の視線を感じる。

ペンダントを見ているとわかってはいるけれど、鎖骨のあたりがざわざわする。

「そんなに凝視する必要ないと思うけど」

「私があげたものを見てるだけだし、どんな風に見てもいいでしょ」

「こういうことしたくて、わざわざプレゼント用意したとか？」

ボタンを外させて、胸元を見たい。

首輪の代わり以外に、そういう理由が含まれていたっておかしくはない。

「どういう理由で用意したのかなんて、仙台さんは知らなくていい」

宮城が静かに言って、「あと」と言葉を続ける。

「ボタン、もう一つ外して」

「今の状態で見えるんだから十分でしょ」

「よく見えない」

「さっきからじっと見てるよね？」

「もっとよく見たい。命令だからきいてよ」

基本的に上から三つ目のボタンは、外すものではないと思っている。

けれど、今日の宮城は諦めそうにない。

基本は基本で、応用があったり、例外があったりするものだから、今日は特別に三つ目のボタンを外してあげてもいい。ペンダントが見たいだけとは思えないけれど、ここで押し問答をするのも面倒だ。

「はいはい」

おざなりに返事をして、ネクタイを外す。三つ目のボタンも外すと、宮城の手が伸びてくる。指先がブラウスに触れるが、胸元を大きく開くような真似《まね》はしなかった。でも、ペンダントが見える程度には開かれる。

下着も肌も何度も見られているし、今さら恥ずかしがるようなことではない。でも、やっぱり心のどこかが落ち着きをなくして、空中を漂うようにふわふわとしている。

宮城がチェーンに指を這《は》わせてくる。

繋《つな》がれた小さな輪を数えるようにゆっくりと触れてくる手はくすぐったい。

緩やかにチェーンを撫《な》でていた手に体重がかかる。

ペンダントに触れるついでに肌に触れていたくらいだった手が、ぐっと私を押してきてバランスを崩す。そのまま宮城の体が覆《おお》い被《かぶ》さるようになり、床へ押し倒される。

「ちょっと、宮城。痛い」

勢いよくという程ではないにしても、それなりの勢いで倒れたせいで背中や肩が痛い。けれど、宮城はなにも言わずに胸元へ顔を近づけてくる。そして、ペンダントトップにキスをした。

飾りは小さなもので胸元にキスをされたに等しいが、その小さなものに触れるためのキスだとわかるように唇を押しつけられている。

唇に彼女の全体重が乗せられているわけではない。

でも、重い。

苦しい。

唇が触れている部分が無駄に熱い。

宮城は平気な顔をして、私にこういうことをする。

された私のことを考えているとは思えない。

吸って、吐く。

ただ呼吸をするだけのことが難しくなって、胸元にある髪を軽く引っ張ると宮城が顔を上げた。

今度は指がチェーンを撫でる。

彼女の行動を見ていると、私の考えが正しかったとわかる。ペンダントトップにキスをする前も、今も、宮城は黙ったままでなにも言わないけれど、こうした行為は所有権を主張する行為だとしか思えない。今までのどんな行為よりもそう思える。

たぶん、きっと、おそらく、いや、絶対にこのペンダントには、〝仙台葉月《はづき》は卒業式まで宮城のもの〟という意味が込められている。

本当になんて言ったらいいのか困る。

本人には言いたくないが、私はこのプレゼントを受け入れている。息苦しかったり、面倒だったりするけれど、悪い気はしない。

「宮城、もういいでしょ」

言うべき言葉が思いつかず無難な言葉とともに背中を叩くが、宮城はどかない。それどころか、もう一度ペンダントトップにキスを落とす。そして、指先が小さな飾りを撫でる。その指は必然的に私の肌にも触れる。

やっぱりくすぐったい。

笑い出すようなものではないが、皮膚がむずむずする。

ペンダントトップに触れる指が肌に軽く押し当てられる。

月の飾りの冷たさと宮城の体温が混じり合いながら流れてくる。

夏休み最後の日を思い出す。

指先があの日の記憶と一緒に、くすぐったいだけではない別の感情も連れてくる。

宮城が勝手に四つ目のボタンを外そうとする。

マズいと思う。

明らかに今の宮城に向けるべきではない感情が大きくなって、私は彼女の手を摑んだ。

「宮城、ストップ。それ以上はヤバい」

「ルール違反だからやめろってこと？」

「それもあるけど、理性が飛ぶかも」

なんでもないようなことのように受け流せるのはここまでで、これで終わりにしてくれなければ今の私たちにとって良くないことが起きる。私は自分の理性を信じていない。宮城もそれをわかっていてくれなければ、お互いにとってあまり良いことにはならない。

「仙台《せんだい》さんの理性ってどうなってるの。無責任に飛ばしたりしないで、どこにもいかないように縛り付けておいてよ」

「結構難しいんだけど、それ」

「……なんでそんなに自信なさそうなの」

宮城が呆《あき》れたように言う。

でも、そんなことを言われても私にもわからない。この期に及んで宮城が私の理性を信じようとしている理由もわからない。だから、答えは適当なものになる。

「自分でもわからないから、宮城が自重しなよ」

責任を押しつけるように言うと、宮城が黙る。

なにか考えているらしく、眉間に皺《しわ》が寄る。

十秒ほど難しい顔をし続けてから、彼女は静かに口を開いた。

「ボタンもう一つ外す代わりにキスしてもいいって言ったら？」

悩んだ宮城が出した結論は彼女が口にしたとは思えない内容で、今度は私が黙ることになった。

頭の中で聞こえた言葉を反芻《はんすう》する。

そして、正しく受け取れているのか本人に確かめる。

「――私が宮城にキスしてもいいってこと？」

「そう」

こういう交換条件が出てくるとは思わなかった。

四つ目のボタンは、過去に宮城の前で外したことがある。

迷うほどの条件じゃない。

「いいよ。外しても」

良くないことが起きる。

そう思って宮城を止めたはずの私が言う台詞《せりふ》ではないと思う。

本当に私の理性は信用ならない。

「仙台さんが自分で外して」

「わかった」

私は言われた通りに四つ目のボタンを外す。

宮城の指がお腹《なか》に触れて、少し体が強《こわ》ばる。

ぺたりと手のひらが押しつけられる。

じんわりと温かくて、でも、それは落ち着くような温かさではなくて一瞬息が止まる。内臓まで熱が伝わってくるみたいで、彼女の手首を掴む。けれど、宮城からはその下へ行こうという意思は感じられない。脇腹の辺りまでするりと撫でて、手が離れた。

「キスしてもいいよ」

宮城が小さな声で言う。

私は体を少し起こして、彼女の首に触れる。手を首の後ろまで滑らせ、宮城を引き寄せるようにして顔を近づける。最後にキスをしてからそう時間は経《た》っていないけれど、早く触れたくて少し強引なくらいに唇を重ねる。

また触れたかった柔らかな感触を味わうように、唇を軽く噛《か》む。いつもなら早く離れろというように体を押してくる宮城《みやぎ》は、珍しく大人しくしている。ブラウスのボタンを一つくらい外しても許されそうで、唇を離して彼女のネクタイを緩める。

宮城は嫌がらない。

ボタンを一つ外すことは見逃され、首筋に唇を寄せる。でも、キスをする前に結構な力で肩を押されて、私の体は床の上へ戻ることになった。

「おしまい」

きっぱりと言って、宮城が体を起こす。

「早くない？」

「じゃあ、私もさっき以上のことしてもいい？　交換条件なんだから、仙台さんがもう一回キスするなら私もなにかする」

「キスは一回、なんて言ってなかったじゃん」

「言ってなくても一回だから」

「横暴じゃない？」

「私、ちょっと触っただけだし、キス一回分くらいのことだと思うけど」

宮城が不満を隠さない声で言い、自分のブラウスのボタンを留める。

「わかった。おしまいでいいよ」

あまりぐだぐだ言っていると、よからぬ命令をされそうな気がする。別にこれ以上のことをしたいわけではない。許されるなら、もう少し触れていたかっただけだ。

私はのろのろと体を起こす。

開きっぱなしになっているボタンを留めようとすると、宮城の手が伸びてきて私の代わりにボタンを留め始める。下から一つ、二つとボタンが留められ、上まで全部留《とど》められてしまう。

「苦しいんだけど」

文句を言うと、素っ気ない声が返って来る。

「そうしてて」

「命令？」

「別に命令じゃない」

宮城が面倒くさそうに言って、テーブルに向かう。私は息苦しくて、一つだけボタンを外してネクタイを締めた。

第５話　仙台さんは我《わ》が儘《まま》だ

私は、ライティングデスクの上に置いたテスト用紙を見る。

結果は悪くない。

むしろ良くなった。

でも、仙台さんと同じ大学に行けるような成績じゃない。もうすぐこの部屋に来る仙台さんにこのテスト用紙を見せるけれど、彼女もきっと同じ感想を持つはずだ。

もともと受かるような大学ではなかったし、少し勉強したくらいで彼女に追いつけるとも思っていなかった。だから、妥当な結果だ。

落ち込むようなものじゃないから、気にしていない。少しだけ気持ちが重いけれど、それはきっと天気が悪いせいだ。

視線を窓の外へ向ける。

昼過ぎから降り始めた雨はまだ降っている。

空は暗くて、憂鬱な天気だと思う。

仙台さんは呼び出したときに少し遅くなると言っていたから、まだ来ない。

時間を潰すために、スマホを取って大学のデジタルパンフレットを見る。

数ページめくって、ため息をつく。

画面に映っているパンフレットは、私の志望校ではなく舞香《まいか》の志望校のものだ。何度も見たから、内容はほとんど把握している。仙台さんの志望校ほど難しいところじゃないけれど、少し前の私が受けると言ったら先生が難しい顔をしそうな大学だ。でも、今は受ける前から諦めるような大学ではなくなっている。そして、仙台さんの志望校と近い場所にある。

まだ間に合う。

地元の大学しか受けられないわけじゃない。

私はパンフレットを最後のページまでめくってから、閉じる。そして、見たところでなにかが変わるわけではないけれど、仙台さんが行く大学のパンフレットを画面に表示する。何度か見ているし、今日になって内容が変わるわけもないから機械的にページをめくって途中で閉じる。

スマホを机の上に置く。

ペンケースから二つの消しゴムのうちの一つ、仙台さんが学校で私を呼び出してまで返

してきた消しゴムを取り出す。彼女との記憶は確実に増えていて、おそらくそのいくつかが思い出に変わる。消しゴムと違って私の手元にはないけれど、中間テスト前に渡したネックレスもそういうものになりそうだと思う。

――あまり良いことではないけれど。

思い出を残すのなら、仙台さんの頭の中にだけ残したい。

私の中には残したくない。

そう思うけれど、仙台さんの中に残ることをするということは、自分の中にも残ることをするということだ。形が残っても残らなくても、私の中に仙台さんが増えていく。消しゴム一つにも、仙台さんが染《し》みついている。

こんな風に彼女との記憶を増やすつもりはなかったのに、どういうわけかそういうことばかりしてしまう。仙台さんとの終わりの日は変えない。そう決めているのに行けもしない大学のパンフレットを見るなんてつまらないことまでしている自分は、どこかに捨ててしまいたい。

今日、仙台さんを呼ばなきゃ良かったな。

今さらどうにもできないことを思ってため息をつくと、インターホンが鳴る。

誰が来たのかは、確かめなくてもわかる。

消しゴムをペンケースにしまい、エントランスのロックを解除すると、しばらくして仙《せん》台《だい》さんが部屋にやってきた。

「今日、寒いね」

仙台さんがくしゃみをしながら言う。

十月も終わりに近づいて制服は合服から冬服になっている。今日の天気を考えると暑がりの仙台さんが「寒い」と言ってもおかしくない。

「雨ひどい？」

「小雨《こさめ》になってる」

「肩、濡《ぬ》れてる。ブレザー貸して」

手を出すと、仙台さんが少し濡れたブレザーを脱いでブラウスの二つ目のボタンを外す。胸元にネックレスが見える。銀色のそれに触りたくなったけれど、ブレザーを受け取ってハンガーにかける。そして、キッチンへ向かう。

冷蔵庫を開けかけて、ポットを見る。

お湯があることを確認して、棚からティーバッグを引っ張り出して紅茶をいれる。自分の分のサイダーを冷蔵庫から出して部屋へ戻ると、仙台さんが定位置に座っていた。

テーブルの上にカップを置くと、明るい声が聞こえてくる。

「これ、紅茶？」

「サイダーがいいなら、サイダー飲めば」

「紅茶がいい。ありがと」

機嫌が良さそうに笑顔を向けてくる仙台さんに背を向けて、ライティングデスクの上からテスト用紙を持ってくる。気は進まないけれど見せるという約束だから、五千円札と一緒にテーブルの上へ置き、仙台さんの隣に座る。

「はい、これ」

紅茶を飲んでいた仙台さんがカップを置いて、ありがとうと言って五千円をしまう。そして、テスト用紙を手に取った。

「テスト、見せてくれるんだ」

「見せろって言ったの、仙台さんじゃん」

「そうだけど。本当に見せてくれるとは思わなかった」

「見ないなら返してよ」

手を出すけれど、テストは返ってこないし、言葉も返ってこない。

仙台さんは、黙ったままテスト用紙をじっと見ていた。

「なにも言わないの？」

「なにも言うなって言ったの、宮城じゃん」

確かに言ったけれど、なにも言わずにテストの点と中身を確認されるのは気持ちが悪い。あれが悪い、これが悪いと一枚一枚駄目出しされたら落ち込みそうだが、いいとか悪いの一言もないというのも胸の中がもやもやする。

「喋《しゃべ》っていいから、一言くらいなんか言えば」

「今までの点数はっきり知らないけど、たぶん、すごく良くなってるよね？」

「なった」

「勉強って、もっとする気ある？」

「ない。大学、これなら余裕そうだし。もういいでしょ」

私は仙台さんからテスト用紙を奪う。

「私のも見る？」

「テストより、ネックレス見せてよ」

私は、鞄《かばん》を開けようとしている仙台さんの制服を引っ張る。

「ネックレス見せてって、命令？」

「そう」

「分類的にはペンダントトップが下がってるアクセサリーって、ネックレスじゃなくてペンダントって言うみたいだけど」

「どっちでもいいじゃん」

「まあね。気持ちの問題みたいなものかな」

仙台さんがどうでもよさそうに言って、私を見た。

「どうぞ。好きなだけ見れば」

聞こえてきた声は随分と投げやりなものに思えたけれど、命令に従っているのだから問題はない。

私は外せたり、外せなかったりするブラウスの三つ目のボタンに触れる。

仙台さんの手が私の腕を掴みかけて、すぐに引っ込む。

きっと、三つ目のボタンは外してもいいものになった。

私はネックレスをもっとよく見たくて、ネクタイをほどいてそのボタンを外す。大きく胸元を開いたわけではないけれど、下着が見える。さすがにそれに触れるわけにはいかないから、ネックレスに触れる。

「くすぐったい」

「我慢して」

交換したネクタイは返ってきた。

ネックレスは卒業式までつけている約束だ。

私はチェーンを軽く引っ張る。

「宮城《みやぎ》、乱暴」

「仙台さん、うるさい。少し黙っててよ」

「はいはい」

指先でチェーンをなぞる。

最近の仙台さんは勝手すぎる。

学校で呼び出してきたり、キスしてきたり。

私が命令していないことをしようとする。

仙台さんとキスするのは嫌じゃないけれど、学校でしたいと言いだすのは違う。仙台さんは私に従うべきで、彼女のほうからなにかをしたいなんて言ってくるべきじゃない。私たちがなにかをするには対価が必要だし、それを渡すのは私だけだ。

仙台さんじゃない。

渡した物を身につけさせ、命令できるのは私で、仙台さんは私に従うしかないことをはっきりさせておかなきゃいけない。

期限は卒業式まで。

その間、茨木《いばらき》さんやほかの人のいうことなんてきかなくていい。

仙台さんは私だけを見ていればいいし、彼女に触れることができるのは私だけでいい。

「気がすんだ？」

黙っていることに飽きたのか、仙台さんがネックレスに触れ続けている私の額を押す。

「仙台さん、ボタン留めてもいいよ」

「宮城、交換条件は？」

仙台さんがネックレスを渡した日のことを持ち出す。

あの日、私はブラウスの四つ目のボタンを外す権利を得るために、仙台さんにキスをしてもいい権利を渡した。でも、今日はボタンを三つしか外していないし、その先は要求するつもりがない
「今、交換条件出すようなことしてないよね？」

「これからするかと思って」

「しない。ボタン留めて」

「交換条件出しなよ」

仙台さんの言葉は本気なのかよくわからない。今、口にしたことを冗談だと言って、なかったことにしてしまいそうにも思える。テスト前に聞いた理性が飛ぶという言葉だって、

冗談で言っているように見えた。大体、私に彼女の理性を飛ばす要素があるとは思えない。

「出さない」

彼女がなにを求めているのかわかっていて、断る。

キスされるのは嫌じゃないけれど、嫌じゃないことが嫌になっている。命令すれば私からキスすることもできる。でも、命令するほどキスがしたいんだと言われるに決まっているからしたくない。

それに——。

何度もキスをしていたら、私とキスすることに飽きてしまいそうに思える。

私は仙台さんの三つ目のボタンを留めて、彼女が求めていない命令をする。

「本、読んでよ」

「勉強は？」

「終わったらする」

わかった、とも、はいはい、とも言わずに仙台さんがネクタイを締めて立ち上がる。そして、本棚の前に立つ。

「どれがいい？」

「仙台さんが好きなのでいい」

「好きなの、ね」

独り言のような呟《つぶや》きのあと、小さなくしゃみが聞こえてくる。

「もしかして風邪ひいた？」

「誰かが噂《うわさ》してるだけ」

仙台さんは興味がなさそうにそう言うと、漫画を一冊持ってきた。

◇◇◇

いつもの呼び出しは、いつもとは違うメッセージで断られた。

おかげで私は、仙台さんの家へ向かうことになってしまった。

『風邪で学校休んでるから、今日は無理』

クラスが違うせいで知ることができなかった事実にわかったとだけ返したけれど、頭の中では三日前に会った仙台さんのくしゃみが響いていた。

雨が降ったあの日のくしゃみが欠席の原因なら、学校を数日休んでいることも考えられる。別に、彼女が何日休んでいても私が気にするようなことじゃない。今まで仙台さんが学校を休んでいるところを見たことがなかったから、なんとなく大丈夫かなと気になっただけだ。

それに――。

家族仲が良いようには見えなかった家で寝込んでいるというのは辛《つら》そうに思えた。誰もいない家で寝込み続けることの辛さと比べたときにどちらが大変なのかはわからないけれど、楽しい状況ではないことは確かだ。

私が行ったからといって、どうなるわけでもないことはわかっている。でも、ペットボトルの一本くらいは持って行けるし、食べ物だって持って行ける。それが役に立つという自信はないが、ないよりはいいはずだ。

仙台《せんだい》さんとは一年以上同じ時間を過ごしているし、お見舞いに行くことは変じゃない。私にだって人の心があるから、心配くらいはする。だから、おかしなことじゃない。

私は夏休みに仙台さんと歩いた道を思い出しながら、彼女の家へ向かう。

仙台さんと交わした言葉は鮮明に覚えているけれど、あれから一度も彼女の家に行っていないから道順が正しいのかどうか自信がない。

途中、仙台さんと寄ったコンビニが見えて、中に入る。

とりあえずお茶のペットボトルとヨーグルトをカゴに入れる。

おでこに貼るヤツ、いるかな。

迷ってから、額に貼る冷却シートもカゴに放り込む。仙台さんと母親の関係を考えると、こういう物もいるような気がする。

お金を払って、コンビニを出る。

連絡をしていないから、行っても会えないかもしれないと思う。それでも足は止まらない。五分ほど歩くと、見覚えのある家に辿《たど》り着く。

私は、玄関の前で後悔する。

病人にメッセージを送って呼び出すわけにはいかない。となると、目の前にあるインターホンを押さなければこの家に入ることができない。

時間的に仙台さんのお父さんは仕事で家にいないはずだけれど、お母さんはわからない。仕事をしているかもしれないし、していないかもしれない。そんなことを仙台さんに聞いたことはないし、彼女が自ら話をしたこともない。ただ、インターホンに出る可能性が一番高いのはお母さんだ。病人である仙台さんが出てくる可能性は限りなく低い。

母親のイメージはあまり良くなかった。

――やっぱり帰ろうかな。

玄関の前、コンビニの袋を見る。

息を吸って、吐く。

一回だけインターホンを押して誰も出なかったら帰ることに決める。

私は人差し指をボタンの上に置いて、力を入れる。

チャイムが鳴って、静かになる。

誰も出ない。

お父さんもお母さんも仕事で、家には仙台さん以外誰もいないのかもしれない。

やっぱり帰ろう。

玄関に背を向けようとした瞬間、インターホンから仙台さんではない女の人の声が聞こえてくる。初めて聞いた声だけれど、きっと仙台さんのお母さんで間違いない。

このまま回れ右をして帰りたくなる。

でも、高校生にもなってインターホンを押すだけ押して走って逃げて帰るわけにはいかない。しどろもどろになりながらお見舞いに来たことを伝えると、玄関のドアが開いて夏休みに見た仙台さんのお母さんが出てくる。上がっていってと愛想《あいそ》のない声が聞こえて、私はお礼を言って仙台さんの部屋へ向かう。

階段を上がって、二つ並んだドアの手前側。

ノックをしかけて、手を止める。

ここまで来て私は、今年に入って一番後悔している。

なんとなく、なんとなく来ただけだけれど、ここには連絡もせずに来た。仙台さんは、勝手に家まで来たことを怒るかもしれないし、部屋に入れてくれないかもしれない。

インターホンなんて押さなきゃ良かった。

私は買ってきたものを置いて帰ることに決めて、ドアノブにコンビニの袋をかける。けれど、緊張していたせいか、袋の中のペットボトルがドアに当たって、ゴンッ、と音を立てた。それは結構大きな音で、どうしようと迷っているうちにドアが開く。

「……なんでここに宮城がいるの？」

パジャマ姿の仙台さんが言う。

「今、帰るところだから」

私は彼女に背を向ける。

「え、ちょっと。なんなの、一体」

「なんでもないから気にしないで」

振り向かずに答えて廊下を歩く。そのまま階段を下りようとすると、廊下に出てきたらしい仙台さんに制服の裾を摑まれて引っ張られる。風邪のせいか、力はない。でも、病人を強引に振り切って逃げ出すというのも気が引けて足を止めた。

「気にしないでって言われても、気になるでしょ。なんでもないのに宮城《みやぎ》が私の家にいるわけないし」

　風邪で意識が朦朧《もうろう》としているなんてことはないらしい。仙台さんは気にしなくてもいいのに細かいことを気にしだして、今見つけてほしくないものの存在にまで気がつく。

「これなに。宮城が持ってきたの？」

　仙台さんがドアノブにかけたコンビニの袋を指さす。

「それ、仙台さんにあげる」

「……ありがと。もしかしてさ、こういうの持ってくるってことはお見舞いに来てくれたってこと？」

「そういうわけじゃないけど」

「そういうわけじゃないのに私の家に来たの？」

　そういうわけで来たけれど、そういうわけで来たとは言いたくない。そうなると黙り込むしかなくて、私は口をつぐむ。

　見慣れない廊下が急に静かになり、仙台さんが呆《あき》れたように言った。

「とりあえず部屋に入って」

　仙台さんが私の制服を摑んだまま、ドアノブからコンビニの袋を外す。入ってという言葉に拒否権はない。制服の裾を人質に取られた私は、重い足を引きずるようにして仙台さんの部屋に入り、ドアを閉める。

本棚にベッド。

そして、机。

散らかってはいない。

夏休みとあまり変わっていない部屋の中、チェストの上に大きめの貯金箱が見える。それは五百円玉で何十万円貯《た》まるというよく見る貯金箱で、前に来たときにはなかった。

仙台さんをよく見ると、さすがに今日はメイクをしていない。髪も編んでいなかった。

でも、ネックレスはしている。

そして、家にないのか、それとも熱が下がったのかわからないけれど、おでこは冷やしていなかった。

「宮城。その辺、座ってて。なにか持ってくるから」

「飲み物と食べ物ならその袋に入ってる」

ベッドの脇にコンビニの袋を置いた仙台さんに声をかけると、彼女は袋の中身を確認した。

「宮城の持ってくる」

そう言って、部屋を出て行こうとする仙台さんを呼び止める。

「いらないから寝てなよ、風邪なんでしょ。それにすぐ帰るし」

「すぐって？」

「今、帰ってもいい」

部屋を空けている間に私が帰ると思ったのか、仙台さんがベッドに腰をかける。

「寝過ぎてもう眠れないし、話し相手になっていきなよ」

「喋《しゃべ》るようなことない」

「じゃあ、黙っててもいいからさ。もう少しいれば」

仙台さんが静かに言う。

パジャマ姿でメイクもしていない彼女はいかにも病人という様子で、このまま帰ってしまうのは酷《ひど》く悪いことのように思える。

「熱は？」

「まだある」

「頭、冷やしたら。その中に入ってる」

ベッドから少し離れた場所に座って、冷却シートが入ったコンビニの袋を指さす。

「宮城が貼ってよ」

「自分で貼って。風邪引いてたってそれくらいできるでしょ」

「病人に冷たくない？」

「熱があるんだし、冷たいくらいが丁度いいじゃん」

お見舞いという言葉は肯定しなかったけれど、仙台さんの様子を見に来たことに間違いはない。でも、わざわざ優しくする必要はないと思う。

「今日くらい私のいうこときいてくれてもいいでしょ」

そう言うと、仙台さんが冷却シートが入った箱を私に向かって放り投げた。箱は放物線を描き、私の前に落ちる。

「危ないじゃん」

「貼ってよ。私、病人だしさ」

仙台さんが当然の権利のように言う。

いつもなら冷却シートが入った箱を投げ返して、自分でやればと突き放す。

今日だってそうしたいけれど、目の前にいるのは本人が口にした通り病人だ。そう思うと、いつも通りにはできない。

せめて、もう少し元気そうなら、と思う。

仙台さんの声は掠《かす》れていて、いかにも風邪をひいているという声に聞こえる。しかも、わざわざ熱があるか聞いてしまったせいで冷たくしにくい。

私は箱を拾って、ベッドに近寄る。

「ここ、座っていいよ」

ベッドの端に腰掛けている仙台《せんだい》さんが隣を叩《たた》く。

風邪がうつるなんて言うつもりはないけれど、夏休みにこの部屋で起こったことが頭に浮かぶ。あの日、仙台さんは命令をしていないにもかかわらず、ベッドに座った私の足を舐《な》めた。

今の彼女が同じことをするとは思わないが、ベッドに座ることを躊躇《ため ら》う理由にはなる。

「宮城、座りなよ」

どうしようかと迷う私に、仙台さんの言葉が柔らかなものから強制力を含んだものに変わる。立ったまま冷却シートを貼ってもいいけれど、いうことをきかなかったらうるさそうだと思う。今日の彼女は、病人という立場を最大限利用しようとしている。

私は仕方なく仙台さんの隣に少し離れて座って、箱を開ける。

「貼るから、こっち向いて」

取り出した冷却シートを見せると、彼女は素直に私のほうを向いた。けれど、おでこは出してくれない。邪魔でしかない前髪を上げるために手を伸ばすと、その手を掴まれた。

熱い。

手の甲に伝わってくる熱は風邪をひいているとわかるもので、一瞬怯《ひる》む。手を強く引かれて、冷却シートがベッドの上に落ちる。

仙台さんとの距離が縮んで、唇がぶつかるように触れた。

手と同じように、唇もいつもより熱い。

舌先が遠慮なく口の中に入り込んでくる。

ぬるりとしたそれもやっぱり熱くて、受け入れるしかない。

彼女の体温は私の選択肢を狭める。

肩を押すこと。

舌を噛《か》むこと。

動きは制限され、なにもできない。

ただひたすら熱い舌が口内を探るように動くことを拒否できない。

私の舌にからみつこうとしてくるそれが焼けるように熱い。

文句を言うには彼女の体が熱すぎる。

私を摑む手も、触れている唇も、柔らかな舌も、熱いから逃げられない。

離れてほしいと思う。

そのくせ、それほど嫌じゃない。

伝わってくる熱のせいで、まともな判断ができなくなっている。

動き回る舌に応えるつもりはないけれど、追い出したくもない。重なり続ける唇が気持ち良くて、どれくらいキスしているのかわからない。

時間の感覚が消え、頭の中が仙台さんのことばかりになっている。

息が上手《うま》くできなくて、苦しい。

重なっている手から逃げ出してパジャマを掴むと、仙台さんがゆっくりと離れる。思わず掴んだパジャマを引っ張りそうになって、誤魔化すように不満を口にした。

「……今、絶対にキスするタイミングじゃなかった」

「宮城が近寄ってきたから」

「近寄らせたんじゃん。冷却シート落とすし、仙台さんもうなにもしないで。それに、今みたいなキス気持ち悪い」

病人だからと、いうことをきいた私が馬鹿だった。

ちょっと優しくしたら、すぐこんなことをしてくる。

文句を言うほど嫌ではなかったけれど、もうキスはさせたくない。

「もう少し柔らかい言い方しなよ。傷つく」

「しない。傷つくって言うなら、もう今みたいなことしなかったらいい」

「……本気で怒ってる？」

きつい口調ではなかったと思う。けれど、普段は私が怒ろうが機嫌が悪くなろうが気にしない仙台さんの声に不安が滲《にじ》んでいた。

熱のせいで気弱になっているのかもしれない。

こういう彼女は調子が狂う。

こんなことを言われたら、私が悪いことをしたような気持ちになってくる。

仙台さんには気持ちが悪いと言ったけれどそんなものは嘘《うそ》で、ああいうキスにも慣れてはきた。病人相手に言い過ぎだったかなとは思う。だから、前言を撤回しないまでも仙台さんの言葉は否定しておく。

「怒ってはないけど、機嫌は悪い」

「じゃあ、交換条件。命令してもいいよ」

「なにが、じゃあ、なの。命令しないから」

「なんで？」

「病人に命令するほど最低な人間に見える？」

命令したいことはあるけれど、熱がある人間に命令するほど人でなしじゃない。病人という立場を活用する仙台さんに比べれば私はまともな人間で、今は少しくらい仙台さんのいうことをきいてあげてもいいと思っている。

「私は宮城《みやぎ》が最低でもいいよ」

「変なことばっかり言ってないで、そろそろ寝なよ」

　仙台さんの肩を押す。けれど、彼女は横にはならず、コンッと咳《せき》をした。

「ほら、風邪悪くなってるじゃん。寝て」

「寝たくない」

　咳をしながら仙台さんが言う。

「普通、そんな咳するくらい風邪引いてたら、キスしないと思うんだけど。風邪うつったら、仙台さんのせいだからね」

「うつしたくてキスしたんだから、宮城、風邪引きなよ」

　仙台さんが耳を疑うようなことを言って、制服の袖を引っ張ってくる。

「それ、酷くない？　私、風邪引いて一人で寝るなんてやなんだけど」

　彼女は普段からなにを考えているかよくわからないけれど、熱があるせいか今日は一段とよくわからない。まともな人間なら人に風邪をうつしたいなんて言わないし、これまでそんなことを言われたことはなかった。

「私が宮城の看病しに行くから」

「看病しなくていい」

「遠慮しなくていいよ。なんなら、泊まり込みで看病してあげようか？」

「絶対に泊まらせない。仙台さん、なにするかわかんないもん。もう寝て」

今日の仙台さんは私の話を聞く気がない。

看病の押し売りをされるのも困るし、家に泊まられるのも困る。実際に泊まりに来るなんてことはないだろうけれど、冗談でも間違いが起こりそうなことは避けておくべきだと思う。

「宮城、私が寝たら帰るでしょ」

仙台さんが珍しく拗《す》ねたような声を出す。

私は出そうになるため息を飲み込む。

あまり冷たくはできないし、病人の相手は少し面倒だ。

「寝るまでいたら、優しいほうだと思うけど」

「病人にはもっと優しくしなよ」

「これ以上？」

「そう」

「そんなに優しくしてほしいなら、余計なことしないでよ」

「余計なことしなくても優しくなんてしないでしょ」

心外だ。

今日の私は、余計なことをした仙台さんにも優しいと思う。でも、そんなことを言っても今の彼女には通じない。私は落とした冷却シートを拾い、コンビニの袋からヨーグルトとスプーンを取り出して仙台さんに渡す。

「これでも食べて大人しくしてて」

「……ありがと」

ヨーグルトは素直に受け取られ、ペリペリと蓋が剝がされる。そして、一口、二口と彼女の口に運ばれていく。

「宮城、もう少しここにいなよ。そしたら早く風邪治りそうだし」

「私、風邪薬じゃないから」

「知ってる」

「馬鹿みたいなこと言ってないで、食べたら寝て」

「さっきも言ったけど、寝過ぎて眠れない」

「それでも寝て」

「じゃあ、宮城がキスしてくれたら寝る」

ヨーグルトを食べていた手が止まる。

スプーンが容器に置かれ、指先が私の唇を撫《な》でる。

仙台さんの体温は変わらない。

相変わらず熱い。

けれど、指先から伝わってくる彼女の熱は心地が良かった。もっと触れてほしくて、唇を撫でる指先を捕まえる。顔を近づけかけて、小さく息を吐く。

「仙台さん、調子乗りすぎ。寝なくてもいいから横になって」

食べかけのヨーグルトを取り上げて、テーブルの上に置く。

当たり前のようにキスをねだられて勘違いしそうになるけれど、そういうことをするためにここに来たんじゃない。私は箱の中から冷却シートを取りだし、文句を言いたそうな顔をしている仙台さんの額に貼る。

「冷たい」

「温かかったら不良品だから」

「そりゃそうだけど」

「あと、寝ないなら帰る」

冷却シートほどは冷たくない声で宣言すると、仙台《せんだい》さんが少し考えてから「じゃあ」と言った。

あまりいい予感はしない。

それでも「なに？」と問い返すと、静かな声が返ってくる。

「手、貸してくれたら寝る」

「手？」

「そう」

「……それくらいならいいけど」

キスに比べると穏やかな提案を受け入れると、私の返事に満足したらしい仙台さんがベッドに横になった。催促するように手を出され、私は自分の手を重ねる。

「手なんて繋《つな》いで楽しい？」

ベッドに腰掛けたままやっぱり熱い手を握って尋ねると、ぎゅっと手が握り返される。

「結構ね」

そう言うと、仙台さんはゆっくりと目を閉じた。

幕間《まくあい》　宮城がいる部屋

目が覚めたらいないことは予想できていた。

それでも思わずにはいられない。

宮城がいない。

深く潜ることなく、浅瀬を漂うような眠りから目を覚ましたら誰もいないなんてことを嘆くつもりはないし、目を閉じる前に戻ればいいなんて思ったりはしないけれど、がっかりはしている。

私は体を起こし、ベッドの上からテーブルを見る。

宮城が間違いなくこの部屋にいたことを示すように、食べかけのヨーグルトが置いてある。

彼女は帰り際《ぎわ》、私が寝ていても声をかけていくべきだったと思う。

それが嫌なら書き置きくらいしていくべきだ。

宮城はそんな当然のことができない。私のお見舞いに来るような人間ではないくせに普通の人みたいにお見舞いにきたのだから、普通の人がするようなことをしていくべきなのに彼女はそうしない。宮城はいつだってどうかしている。

私は冷却シートを額から剝がして、ぎゅっと握りしめる。

冷たくない。

今日、ほんの少しだけ優しかった宮城みたいだと思う。

布団《ふとん》に潜り込んで、コンッ、と咳を一つする。

手の中の宮城が持ってきた冷却シートが私の時間を巻き戻す。ゆっくりと目を閉じると、宮城が来る前、この部屋で学校を休んだことを後悔していた私に重なった。

◇◇◇

早く学校へ行きたい。

学校へ行っていれば、いつものメッセージを送ってきた宮城に『風邪で学校休んでるから、今日は無理』なんて返事をすることはなかった。

今日、宮城の家へ行けなかった。

その事実はそれなりのダメージを布団の中の私に与えている。

母親がいるこの家に一日中いるのは苦痛だ。

息が詰まる。

呼吸が止まってしまいそうになる。

母親は用がなければこの部屋には来ない。風邪を引いてもそれは変わらず、最低限必要なことをしたら私の部屋に近づくことはない。「大丈夫?」なんて優しい言葉をかけてほしいわけではないが、具合が悪そうにしていてもあからさまに関心のない顔を向けてくる母親を見ていると、姉と自分を比べたくなってしまう。

お姉ちゃんが風邪を引いたときはもっと——。

ずっと気にしていなかったことが気になる。

風邪は引くものではないと思う。

特に熱が下がってきた今のような時が良くない。

具合が悪すぎると考える力もなくなって、余計なことに頭が回らない。でも、薬が効いて三十八度台だった熱が三十七度台に下がり、具合の悪さがピークを過ぎると、考える力が戻ってくる。こういうときに良いことばかりを考えられたらいいけれど、調子の悪い自分が足を引っ張って思考は悪いほうへ向かいたがる。調子が良いほうの私がどんなに止めても、底が見えない沼に向かって気持ちが落ちていく。

人は上がるよりは落ちるほうが簡単で、私は姉のことを思い出し、比べ、気持ちが沈む。

考えなくてもいいことが頭の中をぐるぐると回って気が滅入《めい》る。

布団に潜り込んだまま、宮城《みやぎ》からもらったペンダントに触れる。

パジャマの上から指先でチェーンをなぞり、ペンダントトップの月の形を確かめる。

こういうときは宮城が必要だと思う。

彼女の部屋にいれば、家族のことを考えずに済む。

明日は学校に行けるかな。

額に手を当ててみる。

やっぱり熱くて、体温計を手に取る。

熱を測ってみると、さっきより少しだけ上がっている。

雨に濡《ぬ》れるとろくなことにならないな。

夏休み前は、宮城に濡れた制服を脱がされかけた。

あれは私の中にあった宮城への邪《よこしま》な気持ちを育てるきっかけになった。

今回は、風邪を引いて学校を休み、くだらない境遇を嘆き、宮城のことを考えるきっかけになっている。

本当に良くない。

寝返りを打って、目をぎゅっと閉じる。

眠たくないし、眠れない。

本を読む元気も、勉強をする元気もない。

羽美奈《うみな》たちから届いたメッセージに返信するのも億劫だ。

でも、時間は過ぎてくれない。

夜も昼も眠っていた私には、時間の流れが遅すぎる。明日が遥《はる》か彼方《かなた》遠くにあって、永遠に来ないような気がしてくる。この家のどこかに家族がいるとは思えない静かすぎる部屋は、時間に取り残されていてもおかしくない。

体を縮めて、伸ばす。

パジャマと布団がこすれる音で、時間が動いていることを確かめる。

もっと音が聞きたくて耳を澄ますと、階段を上る音が聞こえてくる。

——お母さん？

体が硬くなる。

こんな時間に母親が私の部屋に来る用事はないはずだけれど、母親以外が階段を上ってくるわけがない。面倒くさいな、と思う。トン、トンと階段を踏む音が消え、ドアの前に人の気配を感じる。でも、ノックされるわけでもドアが開くわけでもない。

どんな音も聞き逃さないように耳に意識を集中させる。

自分の呼吸音すら邪魔になって息を止めると、「ゴンッ」とこの家にあるまじき音が聞こえて思わず体を起こした。

え、なに。

待ってもなにも起こらない。

大きな音が聞こえた後はしんっと静まりかえって気持ちが悪い。

母親ではないと思う。

彼女はドアをゴンッなんて叩《たた》いたりはしない。

じゃあ、ドアの向こうにいるのは？

そっとベッドから下りてドアを開く。

「……なんでここに宮城がいるの？」

彼女がここにいる意味がわからない。

宮城は私の家に来たりはしない。

そういう人間ではないし、私も彼女を呼んだりしていない。

「今、帰るところだから」

素っ気なく言うと、宮城が私に背を向ける。

「え、ちょっと。なんなの、一体」

「なんでもないから気にしないで」

一歩、二歩、三歩。

宮城が振り向かずに歩きだして、私は反射的に廊下へ出て彼女の制服を摑む。

どう考えてもなんでもないことはない。この家にいるはずのない人間がいるのだから、私にとっては大事《おおごと》だ。それは宮城にとっても同じことだと思う。たった一回しか来たことがない友だちでもない人間の家に来たのだから、大事ではないなんてことはない。だからこそ、彼女は振り向かずに私の前から逃げようとしている。

「気にしないでって言われても、気になるでしょ。なんでもないのに宮城が私の家にいるわけないし」

なんなんだ、一体。

自分が置かれている状況が理解できず辺りを見ると、さっき部屋から出たときには〝なかったもの〟が目に映る。

「これなに。宮城が持ってきたの？」

私はドアノブにかけられた白い袋――おそらくコンビニかスーパーの袋を指さす。

「それ、仙台さんにあげる」

「……ありがと。もしかしてさ、こういうの持ってくるってことはお見舞いに来てくれたってこと？」

「そういうわけじゃないけど」

「そういうわけじゃないのに私の家に来たの？」

状況からして宮城の目的はお見舞い以外にありえないが、宮城はなにも言わない。黙って廊下に立ち続けている。

「とりあえず部屋に入って」

母親が二階に上がってくることはほとんどないけれど、こんなところを見られたら面倒だ。私はドアノブから白い袋を外し、部屋の中に入る。必然的に摑んだままだった宮城の制服を引っ張ることになって、彼女も部屋に入ってくる。宮城がドアを閉め、私は彼女の制服を解放する。

自分のテリトリーに戻り、ドアによって母親がいる〝外〟を遮断したことで少し落ち着くと、格好が気になる。よく考えなくても私はパジャマで、メイクもしていないし、髪もたぶんボサボサだ。人に見せるような格好ではない。ついでに言えば、声も掠《かす》れていて上手《うま》く出ていない。

私は白い袋をベッドの近くへ置く。

こういうときに連絡もせずにお見舞いに来る宮城は馬鹿だ。身なりを整える暇もなく彼女と顔を合わせ、部屋に入れてしまった。できることなら着替えたいと思うが、宮城は気にしていないようで、一度来たことがある私の部屋を珍しいものでも見るように見ている。

そう言えば——。

あっ、と声が出そうになり、一瞬息が止まる。

今日は五千円が詰まった貯金箱を片付けていない。

貯金箱の中に入っているものを宮城は知らない。

それでも秘密を知られたような気がして、取り繕うように口を動かす。

「宮城。その辺、座ってて。なにか持ってくるから」

「飲み物と食べ物ならその袋に入ってる」

彼女の言葉に袋の中を確認すると、確かに飲み物や食べ物が入っている。でも、それだけではなく、額を冷やす冷却シートも入っていた。宮城がこんなものを買って来るとは思わなかったから驚く。こういうとき彼女は「なに買ってくればいいかわかんなかった」なんて言って、役に立たないものを買ってくるのかと思っていた。

気が利《き》く宮城なんて予想外だ。

ただ、飲み物はペットボトルが一本だけしか入っていない。

「宮城の持ってくる」

「いらないから寝てなよ、風邪なんでしょ。それにすぐ帰るし」

「すぐって？」

「今、帰ってもいい」

宮城の言葉に驚きはない。私たちはどちらかが学校を休んだからといってお見舞いに行くような仲ではないし、長居すれば風邪がうつるかもしれない。お互いの今までと、お互いのこれからを考えれば、宮城は早く帰ったほうがいいと思う。

けれど、彼女は時間を持て余している私の元へやってきてしまった。

今すぐ帰してしまうと、またこの部屋は時間に取り残されてしまう。

私はベッドに腰掛けて宮城を見る。

「寝過ぎてもう眠れないし、話し相手になっていきなよ」

「喋《しゃべ》るようなことない」

「じゃあ、黙っててもいいからさ。もう少しいれば」

「熱は？」

宮城がぼそりと言う。

「まだある」

「頭、冷やしたら。その中に入ってる」

宮城の指が白い袋に向けられる。

彼女が言いたいことはわかる。袋の中に入っている冷却シートを自分で額に貼れということだと思う。だが、こういうものを買って来るくらい気が利くのだから、もっと気が利くことをしてくれてもいいはずだ。

「宮城が貼ってよ」

冷却シートは昨日、部屋の外にも置いてあった。

それは子どもの頃は母親が貼ってくれたものだが、今はただ部屋の前に置かれるだけのもので、私はそれを使ったりはしなかった。廊下に置いたまま部屋に入れることがなかった冷却シートは数時間後には姿を消し、今日はそれが部屋の前に置かれることもなかった。

でも、宮城が持ってきたそれは容易《たやす》く私の部屋へと入り込んだ。

「自分で貼って。風邪引いてたってそれくらいできるでしょ」

素っ気ない声が聞こえてきて、胸が痛む。

こういう宮城なんて珍しくないのに受け入れがたい。

冷却シートを持ってきた責任を取ってほしいなんて思ってしまう。

風邪なんて引くから、なにもかもが弱っているのかもしれない。

「病人に冷たくない？」

「熱があるんだし、冷たいくらいが丁度いいじゃん」

声が柔らかくなることはない。

宮城《みやぎ》は病人にもいつも通りで変わらない。

何故《なぜ》、お見舞いに来たのかわからないくらい冷たい。

「今日くらい私のいうことをきいてくれてもいいでしょ」

私は袋の中から冷却シートの箱を取り出し、立ったままの宮城に向かって投げる。

ここは宮城の部屋ではない。

五千円を介すことのない私の部屋だ。

宮城は私に命令できないし、私のお願いをきいてもいい。

もちろん、彼女がそれを受け入れるとは限らないけれど。

「危ないじゃん」

足元に落ちた箱を見ながら、宮城が眉根を寄せる。

昨日、私も廊下に置かれた冷却シートをこんな顔で見ていたのかもしれないと思う。

「貼ってよ。私、病人だしさ」

宮城は動かない。

なにを考えているのかじっと冷却シートが入った箱を見ている。

熱があってだるいせいで、沈黙が堪える。冷却シートを貼ってほしいなんて子どものようなことを言い続けたからか、空気が微妙なものになっているようで気まずい。きっと、冷却シートは私にとって良くないものだ。宮城に縋《すが》ろうとする私なんて私らしくない。さっさと自分で額に貼って、熱を下げて、いつもの私に戻るべきだ。

やっぱり自分で貼る。

そう言おうとすると、宮城が見つめていた箱を拾って近づいてくるから、私の中に宮城に縋りたい私が戻ってくる。

「ここ、座っていいよ」

隣をぽんっと叩くが、彼女は座らない。私の前に立ったまま眉間に皺《しわ》を寄せている。

「宮城、座りなよ」

少し強く言うと、渋々といった顔をしながら宮城が私の隣に座り、冷却シートの箱を開けた。

「貼るから、こっち向いて」

宮城が冷却シートを取り出し、少しだけ優しい声で言う。素直に彼女のほうを向くと目が合って、母親がいる居心地の悪い家から宮城がいるこの部屋だけが切り取られ、私に必要な〝放課後〟に飛ぶ。

夏に宮城がこの部屋に来たときとは違う。三日間学校へ行かず、息苦しさしかないこの家にいたせいかもしれないけれど、宮城がいるここが居心地の良い場所のように思える。

宮城の手が私に伸びてくる。

指先が前髪に触れそうになり、その手を掴む。

冷却シートがベッドの上へ落ち、掴んだ手を引っ張る。

彼女がなにをしたいのかはわかった。

冷却シートを貼るために邪魔な前髪を上げたかっただけだ。

でも、私は宮城とキスがしたい。

もっともっとここが居心地のいい場所だと思えるように、宮城を感じたい。そうするためには宮城との距離はゼロにするべきで、私は彼女の唇にキスをする。

冷たいわけじゃないけれど、熱いわけでもない。

宮城の唇は気持ちがいい。

閉じた唇を舌先で割り開いて、口内に入り込む。

宮城は抵抗しない。

大人しく私のキスを受け入れている。

風邪がうつるかもしれないと思う。

でも、止められない。

宮城の舌を摑まえて、絡《から》める。混じって、体の奥に流れ込む体温が宮城の存在を感じさせてくれる。キスをしていると、一人でこの部屋に閉じこもっていたことが嘘《うそ》みたいだと思う。だから、もっとキスがしたくなる。

唇を強く押しつける。

深く、深くキスをすると宮城にパジャマを摑まれ、ゆっくりと唇を離した。

「……今、絶対にキスするタイミングじゃなかった」

あからさまに不機嫌な声が私に向かって飛んでくる。

「宮城が近寄ってきたから」

「近寄らせたんじゃん。冷却シート落とすし、仙台《せんだい》さんもうなにもしないで。それに、今みたいなキス気持ち悪い」

キスをする前は優しい声だったのに、宮城が冷たい声で言う。

「もう少し柔らかい言い方しなよ。傷つく」

風邪を引いた私はいつもと同じようにはできない。部屋の外に母親がいると思うだけで体が硬くなるし、宮城の言葉に胸を痛める。

「しない。傷つくって言うなら、もう今みたいなことしなかったらいい」

昨日、貼らなかった冷却シート。

子どもの頃とは違う自分。

友だちを呼ばない部屋に来る宮城。

過去と今が入り交じった今日みたいな日に、私にとって居心地のいい放課後を構成する宮城にあまり冷たくされたくない。家族の関心を失ってからもそれがなんでもないことのようにこの家で暮らしてきたけれど、今日は駄目だ。上手《うま》く過去を切り離せない。いつもならなんでもないことが、なんでもないことになってくれない。

だから、宮城がもう少し優しければいいと思う。

この部屋にいる間だけでも。

第6話　宮城が言わないこと

宮城がお見舞いに来た。

それは青天《せいてん》の霹靂《へきれき》と言ってもいい出来事だったけれど、それだけだ。嵐が来たり、天変地異が起こったりすることもなく、私は宮城に呼び出され、彼女の部屋に通い続けている。

風邪を引く前となにも変わらない。

十一月に入っても宮城は私の隣にいる。

そんな日々の中で予想外のこともあった。

中間テストが終わった今も、宮城が真面目に勉強をしている。

彼女から見せてもらった中間テストの結果は同じ大学を目指すには足りないけれど、悪くはなかった。宮城が志望している大学なら落ちることはないはずだ。だから、もう勉強はやめたなんて言いだすだろうと思っていたが、彼女は以前と変わらずに勉強を続けている。

受験生だから勉強していても不思議はないけれど、宮城は勉強に必要以上の労力を割くことを嫌っていた。そんな彼女が現状を維持する以上の労力を割いて勉強しているというのは不思議な光景に見える。

コンビニで買ってきたポテトチップスを一枚齧《かじ》る。

志望校変えるの？

今日、ここでした質問に宮城は変えないと冷たく言った。

私は、テーブルの上に置いた袋からもう一枚ポテトチップスを出す。

「宮城、口開けて」

必要以上に勉強を続ける理由はわからないけれど、難しい顔をして教科書を睨《にら》んでいる宮城の前にポテトチップスを差し出す。

「自分で食べる」

随分前にポテトチップスを買ってきたときも、宮城は同じことを言って自分でポテトチップスを食べた。彼女は今日もその行動をトレースするように、ポテトチップスを袋から取り出して口に運ぶ。

「こっちの食べなよ」

「いい」

私の言葉を即座に否定して、宮城があからさまに不機嫌な顔をする。

無理に口をこじ開けてポテトチップスを放り込んだら、怒るに違いない。

宮城は、風邪を引いていない私には冷たい。

今日も風邪を引いていたなら、熱があったなら、もう少し優しくしてくれそうだと思う。

実際、風邪をひいた私は結構な我が儘《まま》を宮城に言った記憶があるけれど、本気で怒られたりはしなかった。病人であることが条件であったとしても、私に優しくしてくれることもあるのだと思うと感慨深い。そして、病人ではない私にも優しくしてほしいと思う。

「よくない。食べさせてあげるから口開けて」

ポテトチップスを宮城の口の前へ持っていく。けれど、口は閉じられたままだ。

人嫌いの野良猫《のらねこ》のような宮城は、いつも私の思い通りにはならない。近寄れば逃げて行くし、手を出せば噛《か》みつかれる。大体、痛い思いしかしない。

それでも風邪を引いた日は、そんな宮城が気まぐれでも私のためになにかしようと考えてくれた。あの日限定のことだったけれど、そういう宮城を見てしまったから期待する。

「宮城」

ぺらりとしたじゃがいもの成れの果てを唇に押しつけると、彼女は心底嫌そうな顔をしながら口を開けた。

私は珍しいこともあるものだと思いながら、薄く開かれた唇の間にポテトチップスを押し込む。すぐに指先から薄っぺらいスナック菓子が消え、不味《まず》い物でも食べたみたいに宮城が顔を顰《しか》める。

わざわざ買ってきた甲斐《かい》があったと思う。同時に、もっと美味《おい》しそうな顔をすればいいのにとも思うが、私の手から宮城《みやぎ》が物を食べたことで不満は打ち消されている。餌付けをしているわけではないけれど、もっと物を与えたくなる。このままポテトチップスを食べさせ続けていれば、卒業しても餌を欲しがって会ってくれるのではないかという気さえしてくる。

私は、もう一枚ポテトチップスをつまんで宮城の口元へ運ぶ。

「はい、どうぞ」

まだ続けるつもりなの、とは言わないけれど、そう書いた紙が貼ってあってもおかしくない顔をした宮城が私を見る。そして、嫌そうに口を開いた。

ポテトチップスを近づけると、小気味よい音とともに消えていく。

そのまま宮城の唇に指を押しつけると、彼女の眉間に皺が寄る。

受け入れられているとは言い難《がた》い顔をしているが、唇をなぞるように指先を動かす。すると、宮城がポテトチップスを食べるように私の指に歯を立てた。

想定の範囲内だけれど、かなり痛い。

この前この部屋に来たときも、私は宮城の唇に触れて噛みつかれた。それなのに今日は、わざわざポテトチップスを買ってきてまでこんなことをしている。理由はとても単純なもので、風邪で寝込んでいたあの日から宮城とキスをしていないからだ。あれから宮城は、私がキスに繋《つな》がりそうな行為をするとこうやってわかりやすく拒否してくる。

「宮城、痛い」

やめてほしいという意味を込めた言葉は、宮城に届かない。指先に歯がさらに食い込む。

「どうせなら舐《な》めてよ」

そう言って齧られた指で舌先に触れると、指が宮城の歯から解放される。

「舐めてくれないんだ？」

「舐めない」

宮城が素っ気なく言ってノートに視線を落とす。解きかけの問題に文字が加えられ、教科書がめくられる。

宮城はポテトチップスを食べさせれば、私の指まで食べる。

痛いと言えば、もっと強く噛む。

舐めろと言えば、指先を噛み続けることを止める。

私のいうことはきかない。

是が非でもしてほしいこととは違うことをする。

彼女の反応はわかりやすいと思う。

でも、キスを避け続ける理由はわからない。

夏休みが終わってからの私たちにはそれなりの慎みがあったけれど、今はもう過去のことだ。学校でキスをして、この家でもキスをしている。今さら拒否するようなものではないのに、宮城は私を受け入れない。

私にはどうして宮城が頑《かたく》なにキスを遠ざけようとしているのかわからないし、きっと宮城に聞いても答えてはくれない。無理に聞きだそうとしても、質問は禁止と命令されて終わりだ。

いつも宮城はずるい。

私はどうしても宮城とキスがしたいというわけではないが、したくないわけではない。それなのに宮城はキスはさせてくれないくせに、ペンダントの確認はしてくる。拒否権のない私に命令して、三つ目のボタンを外させたり、胸元を触ったりとやりたい放題だ。もちろん、私が触りたいと言っても触らせてくれない。交換条件もどこかに消えたままだ。

宮城は、風邪を引いているからといって私に優しくすべきではなかった。キスだって受け入れるべきではなかった。あの日はいつものように抵抗しなかったから、私は今日になっても彼女に期待し続けている。

「宮城」

肩をつついて、こっちを向かせる。

「なに？　私、勉強してるんだけど」

面倒くさそうに動く口に指をねじ込む。

「舐めてよ」

そう言うと、宮城は私の指を噛んだ。

痛い。

歯が指を挟む力がさっきよりも強い。

空いている手で頬を撫《な》でて、耳の裏まで這《は》わせる。

耳たぶを引っ張ると指を噛む力が緩んで、私は指先を宮城の舌に押しつけた。

「噛んで、じゃなくて舐めてって言ったんだけど」

命令ではない。

私に宮城を従わせる権利はないから、ただのお願いだ。だから、宮城はもう一度指を噛んでもいいし、私の腕を掴んで指を引き抜いたっていい。そうする権利がある。けれど、宮城はそのどちらもせずに私のお願いをきいた。

指先に生温かいものが張り付く。

舌が押しつけられ、緩やかに滑る。

指に触れる粘膜の生々しい感覚に、神経が濡《ぬ》れた部分に集まっていく。

それほど熱くないはずなのに、ちりちりと指先が燃えるように熱い。宮城の体温につられるように、体の中に熱が溜《た》まっていくような気がする。

指をゆっくりと引き抜いて唇に触れると、人差し指を第二関節まで舐められる。

宮城に言ったら怒られそうだから口には出さないけれど、こういう彼女をエロいと思う。

こうやって指を舐められたことは過去にもあった。

でも、そのときはエロいとは思わなかったから、過去とは違う目で宮城を見ているのだとわかる。

私は、もう一度指先を彼女の唇に押し当てる。そのまま口の中に指を押し込もうとすると、宮城が乱暴に私の腕を摑んで力一杯引っ張った。

「もういいでしょ」

ブレザー越しでもわかるくらいに爪を立てて、宮城が言う。

「良くないって言ったら、また舐めてくれる？」

「仙台《せんだい》さんに命令する権利ないってわかってるよね？」

「わかってる」

素直に宮城の言葉を認めると、腕に食い込んでいた手が離れる。そして、離れた手がワニのカバーがついた箱からティッシュを二枚引き抜いた。

「拭いて」

渡されたティッシュで言われた通りに自分の指を拭き、紙くずを丸めてゴミ箱に投げる。綺麗《きれい》にシュートが決まって、それを待っていたように宮城が言った。

「今度は仙台さんが私の指舐めて。これは命令だから」

唇に指先が押し当てられ、私は「いいよ」と言う代わりに舌でそれに触れる。

宮城がしたように、人差し指の第二関節までゆっくりと舌を這わせる。

強く押し当てると骨の硬さがわかる。

軽く歯を立てると宮城が手を引こうとして、私はその手を摑んだ。そのまま手の甲に唇をつける。

今の私が宮城にどう見えているのか気になる。

私を見てなにを考えて、なにを感じているのか。

心の中を覗《のぞ》いてみたいと思う。

「仙台さん、もういい」

愛想《あいそ》のない声で言って、宮城が手を引く。

私はその手を引っ張って、指先を噛む。

そのまま指を口に含むと、ワニで鎖骨の辺りを押された。

「もういいからっ」

ぐいぐいとワニで押されて、私は宮城の指を解放する。

「私は続けてもいいけど」

宮城からワニを奪って手を捕まえる。もう一度指に唇を近づけようとするけれど、捕まえた手はすぐに逃げ出してしまう。

「続けなくていい。やめて」

「なんで？」

「なんでって、仙台さんなんかちょっと——」

「ちょっと？」

「なんでもない」

中途半端《ちゅうとはんぱ》に途切れた言葉の続きは告げられずに終わる。

「ワニ、返して」

言われた通りにカバーのついたティッシュ箱を渡すと、宮城が指を拭き、ワニではなくゴミが返ってくる。

「さっきの続き言ってよ。ちょっと、って？」

受け取った紙くずをゴミ箱に投げる。けれど、今度はシュートが外れて私はゴミを拾いに行く。

「仙台さんのヘンタイ」

「それ、絶対に続きじゃないでしょ」

私は隣に座り直して、宮城が持っているワニの頭を撫でた。

「ねえ、宮城。今の気持ち良かったりした？」

「仙台さん、うるさい。勉強するから黙ってて」

知ってる。

宮城は、絶対に気持ちがいいなんて言わない。

それでも、そんな風に思っていたらいいなと思った。

◇◇◇

レトルトのハンバーグにインスタントのスープ。

ポテトチップスを私の手から食べた宮城が出してきた夕飯は、いつもと変わらず手のかからないもので、私たちはいつもと同じようにそれを食べた。

夕飯を食べていくか尋ねられることはあっても、泊まっていくか尋ねられたことはない。

だから、夕飯を食べたあとは家へ帰った。

宮城《みやぎ》が私に言う言葉と言わない言葉は決まっている。

あえてそれを分類するなら、彼女が私に言う言葉は冷たいものが多い。おかげで私は否定されてばかりだ。でも、それが宮城だと思うし、それでいいと思っていた。

——先月、風邪を引くまでは。

私は黒板に書かれた文字を写す手を止めて、時計を見る。

お昼休みまであと五分。

ノートにワニを一匹書いて、視線を黒板に戻す。

最後に宮城に会ってから数日が経《た》っている。

九月は、夏休みの余韻で卒業式はまだ先だと思っていた。十月は文化祭や中間テストで忙しくて、残り時間を考えている余裕がなかった。けれど、十一月に入ると、急に卒業式が身近なものになった。日数で考えれば卒業までそこそこあるが、間には冬休みがあるし、三学期は半分以上が自由登校だ。

残り時間が少ない。

それを考えると、宮城が私には言わない言葉を聞きたいと思う。

風邪を引いて、宮城も私に優しくできるのだと知ってしまったせいで随分と欲張りになっている。

私は、ノートに書いたワニの背中にティッシュを生やす。

すぐにチャイムが鳴って、先生が授業の終わりを宣言する。教科書とノートを片付けて羽美奈《うみな》の席へ向かい、彼女の肩を叩《たた》く。

「羽美奈。私、購買部行ってくるから先に食べてて」

「いいけど、お弁当は？」

「今日はなし」

そうなんだ、と言う軽い声に、行ってくると返して財布を持つ。並んだ机を縫うようにして歩き、教室から出ようとしたところで、羽美奈の大きな声が聞こえてきて足を止めた。

「葉月《はづき》！　イチゴジュース買ってきて。お金あとで渡す」

「私のも」

麻理子《まりこ》の声も追いかけてきて、私は手を上げて答える。

「おっけー」

たいした買い物ではないから軽く引き受け、教室の中を見ながら廊下へ出ると、体がなにかにぶつかる。

「わっ」

前方不注意、という言葉が頭に浮かぶ。

慌てていたわけではないけれど、前を見ていなかった。

「ごめん。大丈夫だった？」

謝りながらぶつかったなにかに視線を合わせると、そこには見知った顔があった。

「こっちこそごめん」

宇都宮舞香《うつのみやまいか》。

宮城の口から度々名前が出てくる上に、いつも宮城と一緒にいるから彼女の顔はよく知っている。だが、宇都宮からしたら私はただの元クラスメイトだ。お互い親しげに話しかける仲ではないから、私は当たり障《さわ》りのない言葉を口にする。

「大丈夫？」

「大丈夫」

宇都宮が短く答えて歩きだす。

私も止まっているわけにはいかないから目的地に向かうべく足を動かす。

学校の中は単純だ。

廊下は真《ま》っ直《す》ぐだし、片側は窓でその向かい側に教室が並んでいる。歩いて向かう場所もほとんど決まっている。昼休みなら、トイレか購買部。そして、宇都宮が歩いているコースはどう考えても私と目的地が被《かぶ》っている。

「あの、私、二年の時、仙台さんと同じクラスだった宇都宮だけど覚えてる？」

少し前を黙々と歩いていた宇都宮が足を止め、唐突に自己紹介を始める。

「もちろん覚えてる」

宇都宮の話は宮城からよく聞いている。

なんて言うわけにもいかないから無難な答えを返して、二人で歩き始める。

自分から話しかけておいて、宇都宮は口を開かない。黙ったまま歩き続けている。元クラスメイトとぶつかって、目的地も同じで、なにも喋《しゃべ》らないというわけにもいかずに自己紹介したのかもしれないが、かえって沈黙が気になる状況になってしまっている。

でも、私のほうも話があるわけではないから二人で静かに廊下を歩く。

向かう場所が一緒だから、今さら距離は取れない。

なにもない空白の時間は苦手だ。

宮城となら沈黙が続いても気にならないが、相手が宇都宮だと間が持たない。まったく知らない相手ならともかく、相手が顔見知りならなにか話をしたい。とは言え、宇都宮と共通の話題なんて数えるほどしかないから、口に出来る言葉は自《おの》ずと決まってくる。

「宇都宮って、大学どこ受けるの？」

受験生らしい話題を振ると、私の志望校からそう遠くない大学の名前が返ってくる。

「へえ、私も県外なんだよね」

どこ、と尋ねられて大学名を告げて、「受かったら、向こうで会うことあるかも」と限られた話題を繋《つな》ぎ止める。

「じゃあ、志緒理《しおり》、えっと二年の時同じクラスだった宮城志緒理も私と同じ大学受けるみたいだから——」

「え？」

宇都宮の言葉を遮るように、思わず声が出る。

宮城志緒理。

聞き返すまでもなくよく知っている名前についてきた言葉は思いもかけない言葉で、足が止まってしまう。

だって、宮城は地元の大学を受けるはずで。

——なんで。

「え、って、え？」

　宇都宮が驚いた顔で私を見る。

　どうやら私の声は自分が思ったよりも大きかったらしい。

「ああ、ごめん。宮城って結構成績良かったんだなーって」

　失礼な話だとは思うが、ほかに微妙になった空気を誤魔化す言葉が浮かばなかったから仕方がない。

「最近、真面目に勉強してるみたいだから」

　不審とまではいかないが、不思議そうな顔をした宇都宮が答える。

　たぶん、宇都宮は沈黙を潰すためだけに宮城のことを口にした。彼女は、それに私が想像以上の反応をしたから驚いただけだ。このまま流して、宮城のことにこれ以上触れずにいれば、購買部へ行くまでのたわいもないお喋りで終わる。

　私は止まった足を動かす。

　廊下を一歩進むと、足にあわせるように口が勝手に動き出す。

「宮城、ほんとにそこ受けるんだ？」

「突然言いだしたから、ほんとかどうかわからないけど。受けたいとは言ってた」

「へえ」

「……あの、仙台《せんだい》さんって、志緒理と友だちだったりする？」

何気ないお喋りだったはずが、宇都宮の声が様子を窺《うかが》うような低いものに変わる。顔を見ると、緊張しているのか少し強《こわ》ばっている。もしかすると、これが聞きたくて話かけてきたのかもしれない。

「なんで？」

にこりと笑って問い返す。

「前に廊下で志緒理とぶつかったときの感じとか。あと、廊下ですれ違うとき、仙台さんときどき志緒理のこと見てるみたいだから。それに志緒理のこと呼び出したこともあったし、なんとなく」

鋭いし、よく見てるなと思う。

宮城を凝視した覚えはないが、すれ違えば視線が行くし、目が合うこともある。学校では関わらないという約束があっても、学校以外では深くと言っていいほど関わっているのだから、私の意思とは関係なく体が反応する。

「友だちじゃないよ。前に呼び出したのは、先生に宮城を呼んでこいって言われたからだし」

笑顔を崩さずに告げて、歩くスピードを少しだけ速める。

「……気のせい、かなあ」

宇都宮は独り言のように言うと、「私、先にジュース買うから」と自動販売機へと向かって行く。一緒に自動販売機へ行くほど彼女と親しくない私は、先にサンドイッチを買う。そして、羽美奈たちの分もジュースを買って教室へ戻ると、二人は彼氏の話で盛り上がっていた。

昼休み、羽美奈たちと食べる昼食はそれなりに楽しい。意味のないお喋りもあと数ヶ月もすれば聞けなくなると思うと、寂しくもあった。けれど、今日は二人の話が右から左へ抜けていくだけで楽しさも寂しさも感じない。

私は相づちだけをなんとなく打って、サンドイッチを齧《かじ》る。

宮城が県外の大学を受けるなんて聞いていない。

同じ大学が無理なら近い大学を、と考えたことはある。でも、冷たく断られて終わりだろうから本人には言わなかった。それなのに宮城は、いつの間にか宇都宮と同じ大学――私が受ける大学からそう遠くない大学を受けると決めていた。

いや、まだ決定したわけではない。

受けるかもしれないという不確定な話だ。

でも、テストが終わっても真面目に勉強を続けている宮城を見る限り、宇都宮の話は本当のことに思える。だとしたら、その本当の話を宮城が私に言わなかったということは私に知られたくなかったということで、その大学へ行く目的は私ではなくほかにあるということになる。

県外の大学を選ぶ理由が私であればいいと思うけれど、宇都宮と同じ大学に行きたいという理由のほうがしっくりくる。

まあ、それ以外にないよね。

当たり前の話だ。

私と宮城《みやぎ》は、同じ大学に行こうと誓い合って、それが無理でも近くの大学に行ってずっと友だちでいようなんて約束するような仲ではない。宮城は今の関係は卒業までと区切りをつけているし、キスだってさせてくれない。卒業しても離れたくないなんて考えたりはしないだろう。

宮城に離れたくないと思うような相手がいるとしたら、それは宇都宮だ。ただの元クラスメイトで友だちでもなんでもない私よりも、宇都宮を選ぶことになんの違和感もない。

そう、おかしな話ではない。

でも、面白くはない。

宮城と宇都宮は友だちで、それ以上の関係ではないはずだ。そんなことを疑うつもりはない。

私と宮城は友だちではないけれど、宇都宮とは別の意味で〝近しい関係〟にはなっている。それでも、宮城はただの友だちの宇都宮を選ぶ。その事実に、むかつく、とまではいかないけれど、胃がキリキリと痛くなる。

サンドイッチはあまり美味《おい》しくない。

宮城が作る、正確には宮城が温めただけのものだけれど、彼女が出す体に悪そうな食事のほうが美味しいと思うなんて私の味覚は狂ってしまっている。

ごくん、とパサついたパンを飲み込んで、買ってきたミルクティーを飲む。ポケットの中でスマホが鳴る。画面を見ると、宮城からいつものメッセージが届いていた。

彼女の家ではないどこかで話がしたいと思う。

私は少し迷ってから、いつもとは違うメッセージを宮城に送る。

『放課後、音楽準備室にきて。待ってる』

返事は、授業がすべて終わっても来なかった。

どうせ、宮城は返事をくれないと思っていたから不思議はない。

だから、私はそうすることが当然のように音楽準備室へ向かった。

◇◇◇

宮城は来るかもしれないし、来ないかもしれない。

文化祭のあとに呼び出したときは来たけれど、あの日、自分がしたことを考えれば来ない可能性のほうが高そうに思える。

でも、もしも。

宮城がここに来たなら。

今日、宇都宮《うつのみや》から聞いたこと。

そのことを聞きたい。

――あまり気分は良くないけれど。

胃の痛みは治まったが、胸の奥がもやもやしている。

頭に浮かぶことは否定的なことばかりで、明るい気分にはならない。姉ばかりを可愛《かわい》がる両親を見ていたときに似た気分だ。一つのことに囚《とら》われて、悲観的なことばかり考えてしまう。

こういう私は良くない。

それなりに頭を使って、要領よくクラスのそれなりの位置でそれなりに楽しい学校生活を送ってきた。そういう私が消えてしまいそうだ。

息を吸って、吐いて。

そう広くない音楽準備室の中を静かに歩く。

宮城が県外の大学を選んだ理由に私が関わっていないにしても、彼女は私が受ける大学からそう遠くない場所の大学を選んだ。

どんな理由でも、遠いよりは近いほうがいい。

単純にそう思ってしまったほうが楽だ。

積極的に認めたいことではないが、私は宮城と遠く離れることを望んではいない。宮城が宇都宮と同じ大学を選んだということに関しては、薄墨色の世界を歩いているようなすっきりとしないものがあるが、〝近い〟という言葉に意味を見出《みいだ》したほうがいい。そう遠くない場所に宮城がいれば、関係がぷつりと途絶えてしまったりはしないはずだ。そう思えば、ある程度のことは許すことができるような気がする。

どうせ、気持ちをすべて綺麗《きれい》に整理するなんてできない。

だったら、自分から奈落の底に落ちていくより、ある程度マシな考えを選んだほうがいい。

納得できない自分を自ら説き伏せて、なんとなく良さそうな方向へ持って行く。それはそう悪いことではないはずだ。

ただ、問題はある。

私が知っている宮城は素直ではない。

受ける大学を教えろと言っても、絶対に話してはくれないだろう。そして、私は宇都宮の名前を出したくない。出したら宮城は、「相談しただけで行くつもりはない」と全力で否定してきそうな気がする。

かといって、宇都宮の名前を出さずに今日聞いた話が本当かどうかを確かめることは難しいことに思える。

それでも諦めたくない私がいる。

でも、宇都宮が昼休みにあったことを宮城に話していたら――。

宮城が宇都宮と同じ大学を受けようとしている。

それを私が知っていることに宮城が気づいてしまっていたら、面倒くさいことになっていそうだ。宇都宮に「やっぱり地元の大学へ行く」と話していてもおかしくはない。

頭に楽しいことは浮かばない。

問題ばかりがちかちかと光って見える。

準備室の中を歩き続けていた足を止める。

時計を見ると、ここに来てから十五分が過ぎていた。

「来ない、かな」

待ってもあと五分。

十一月も半ばに差し掛かり冬が近づいてきているせいか、音楽準備室は少し寒い。ここは人を長く待つような場所ではないと思う。

大体、いくら宮城でも私を三十分も四十分も待たせたりはしないはずだ。そう思いたい。

楽器が置かれた棚に寄りかかる。

入り口を見る。

目を閉じてゆっくりと開くと、ドアが静かに開いた。

短くはないけれど、長くもないスカートが目に映る。

不機嫌に寄せられた眉。

遅くなったとか、待たせてごめんとか、私を気遣う言葉もない。

宮城が黙って近づいてくる。

中途半端《ちゅうとはんぱ》に長い髪を揺らして、私の少し前で足を止める。そして、面倒くさそうに口を開いた。

「学校では話さないって約束、どうなったの」

宮城が鞄《かばん》をこんっと私の足にぶつける。

「守りたいなら宮城は守っても良かったのに。でも、守らなかったってことは、約束なんてどうでもいいってことじゃないの？」

「帰る」

宮城が室温よりも低い声で言って回れ右をしようとするから、私は引き留めるように声をかけた。

「待ちなよ。ちゃんと用があって呼んだんだからさ」

「どうせくだらないことでしょ。ここじゃなくて家でいいじゃん」

文句を言いながらも宮城が鞄を床へ置いて、私を見る。

「命令されたくないから」

にこりと笑って言うと、露骨に嫌そうな顔が返ってきた。

「話があるなら早く言ってよ」

なにをどう話すか。

未《いま》だに考えがまとまっていないし、もう五分考えてもまとまるとは思えない。

宮城のことになると驚くほど頭が回らない私は、結局いつもと同じようにストレートに聞くしかなかった。

「……志望校ってどこ?」

「用事って、それ聞くこと?」

「そう」

「もう何度も言ってるけど」

「大学って一つしか受けられないわけじゃないしさ。他に受けるところないのかなって」

「受けない」

予想通りの答えが返ってきて、私は楽器が入ったケースを指で弾いた。

大学の話は、宮城が私に言わないことの一つだ。

問い詰めたいと思うけれど、答えないことも知っている。

いつも宮城は、私が知りたいことは教えてくれない。

私には、宇都宮の話が本当かどうか確かめる術がない。

「受ければいいのに。今ならもっといい大学狙えると思うし。せっかく勉強したんだしさ」

駄目だと思いながらも、宮城から聞きたい答えを引き出そうとする。

「仙台《せんだい》さん、しつこい。もうこの話、終わり」

「ここでは命令きかないから」

「命令じゃないから、話がしたいなら一人で好きなだけ続ければ。私は話したいことがないし帰る。仙台さん、あとからうちに来てよ」

宮城《みやぎ》が一方的に話を打ち切る。

わかっていたことだが、素っ気ないし、冷たいと思う。これ以上、話を引き延ばしたところでさらに冷たくされるだけだということもわかる。けれど、往生際《おうじょうぎわ》が悪い私は宮城をこのまま帰らせたくない。

「友だちと同じ大学に行きたいとかないの？」

具体例として宇都宮の名前を出したくなるが、彼女の名前は飲み込んで胃の中に閉じ込めておく。

「……急になに？」

「そういうのよくあるじゃん。仲のいい友だちと同じ学校に行きたいみたいなの」

「そう言えばさ。仙台さん今日、舞香《まいか》と話したんだよね？」

宮城が私の質問には答えず、眉間に薄く皺《しわ》を寄せて質問を返してくる。その様子から、宇都宮が私と会ったことを宮城に話したとわかる。となると、宇都宮の名前を聞かなかったことにして話を進めるわけにはいかない。

「宇都宮となら、購買部に行く途中に会った」

「舞香となに話したの？」

「前に宮城を呼び出したこととか聞かれただけだけど」

「それだけ？」

「それだけ。宇都宮、なにか言ってた？」

「仙台さんと同じこと言ってた」

「そっか」

どうやら、宇都宮は宮城に大学の話をしなかったらしい。

だったらこれ以上、追及しないほうがいい。

話を終わらせてしまったほうが面倒なことにならずにすむ。

わかってはいるけれど、まだ話をしたいと思う自分もいる。

「もう気がすんだでしょ。先に帰るから」

宮城が床に置いた鞄を持とうとして、私は反射的に彼女の手を掴む。

「なに？」

不機嫌な声が私に向けられる。

「もう少し話、しない？」

「しない。話なら帰ってからでもできるじゃん」

「まあ、そうだけど」

わかっている。

でも、手を離せない。

私は、摑んだ手の隙間をなくすみたいにぎゅっと握る。

宮城の手は、風邪をひいた日に繋《つな》いだ手よりも冷たい。

二人でいても音楽準備室は寒いから、手が冷たいのはそのせいだ。きっと私の手も冷たい。だからといって、手を温めたくて握ったわけではない。

「仙台さん、帰るからはなして」

「もう少しこのままでいてよ」

離してしまったら、またしばらく繋げないと思うと離したくない。

手を繋ぎたいとか、もっと触れたいとか。

そういう気持ちを上手《うま》く処理できない。

たぶん、宮城ばかりが私に触れてくるからだと思う。

そして、宮城がなにも話してくれないからだと思う。

「宮城」

名前を呼んで彼女に一歩近づくと、手を振り払われる。

「キスはしないし、もう帰る」

「まだなにも言ってない」

過去に私がここでしたことを思い出したのか、宮城の声は冷たかった。けれど、私はもう少し宮城に触れたかっただけでキスをしようと思ったわけではない。

「これから言うかもしれないから、先に言っておいただけ」

「それ、間違ってるから。宮城に触りたかっただけ。宮城もいつも私に触るから」

「も、っておかしくない？　私、仙台さん触ったりしてないけど」

私は学校では外さないブラウスの二つ目のボタンを外す。

そして、ペンダントを見せる。

「これ、いつも触るじゃん」

普段はブラウスに隠されているペンダントは、呼び出されるたびに宮城に触られていた。でも、私が同じ場所を触ろうとしても、いつも命令で止められる。

「それはネックレスを触ってるんであって、仙台さんを触ってるわけじゃない」

「だとしても、ペンダントと一緒に私にも触ってるんだから、触らせてよ。いっつも宮城ばっかり触ってずるい」

もう一歩近づいて、宮城の頰に手を伸ばす。

ぺたりと手のひらを押しつけると、冷たかったのか宮城がびくりと震えた。そのまま手を首筋に滑らせて、ネクタイを緩める。けれど、ブラウスのボタンを外す前に腕を摑まれた。

「仙台さんの変態。やめてよ」

宮城が強い口調で言って、摑んだ腕を離す。

「ここでは宮城の命令、きかないから」

「そうだね。私が買ってるのは私の部屋にいる仙台さんで、学校での仙台さんじゃない」

「わかってるなら大人しくしてて」

「でも、仙台さんにだって、学校で私になにかする権利ないから」

「前はキスさせてくれたのに？　キスがいいなら触らせてくれてもいいじゃん」

ここであった事実を口にすると、宮城が難しい顔をしながらネクタイを締め直す。そして、感情のこもらない声で言った。

「……触りたいっていうなら、それなりのことしてよ。仙台さん、交換条件好きでしょ？」

「好きなわけじゃないけど。――交換条件ってなに？」

どうせろくな条件じゃない。

それでも、私は宮城に尋ねた。

第7話　仙台さんとの当たり前

仙台さんに触られることは嫌なことじゃない。

でも、仙台さんは一つ許せば調子に乗って、許した以上のことを求めてくるからなんでも許すわけにはいかない。けれど、交換条件を受け入れ、大人しく私の話に耳を傾けようとしている彼女には好感が持てる。

私は、音楽準備室の片隅に置いてあった古びた椅子に座る。

「足、舐《な》めて」

仙台さんは、この言葉を過去に何度も聞いている。

それでも、彼女は驚いた顔をした。

「え？」

「聞こえなかった？　足を舐めてって言ったんだけど」

「……ここで？」

「ここでできたら、触ってもいいよ」

私の命令を仙台さんがきかなかったことはほとんどないけれど、それは家の中だけのことで、さすがに学校で足を舐めたりしないと思う。

できないと思うからこそ、交換条件として選んだ。

仙台さんが断りたくなるような条件ならなんでも良かったけれど、ほかに彼女がすることを躊躇《ためら》うような命令は思いつかなかった。今した命令がいい命令だとは思わないが、交換条件として成立しないはずのものだから、仙台さんも諦めるしかないはずでわりと穏便な命令のはずだ。

「ここ、学校だってわかってるよね？　宮城の部屋じゃないんだよ。旧校舎にはあんまり人来ないけど、もし誰かに見られたらどうするの。交換条件にしても行き過ぎてるでしょ」

案の定、仙台さんが交換条件を受け入れない理由を並べる。

「できないってことでいい？」

問いかけると、彼女は音楽準備室の入り口を見た。

なにを考えているのか瞳が揺れる。

私は彼女が迷っているうちに答えを決めてしまう。

「交換条件は成立しなかったってことでいいでしょ。もう帰るから、仙台さんあとからうちに来てよね」

まだ話があるにしても、家に帰ってからでいい。

今日の仙台《せんだい》さんは聞かれたくないことばかり聞いてくるから家でも話をしたくないけれど、このままここで話を続けるよりはいいはずだ。家でなら命令で話を打ち切ることもできる。

私は椅子から立ち上がり、鞄《かばん》を手に取る。そのまま出て行こうとすると、仙台さんに声をかけられた。

「待って」

そう言うと、私が口を開く前に椅子を持ってくる。

「座りなよ。足、舐めてほしいんでしょ」

「無理しなくていいよ」

「無理してないから。黙って座りなよ」

「誰か来たらどうするの？」

「そのときは、宮城に命令されたって言うから大丈夫」

「それ、私が大丈夫じゃないじゃん」

「大丈夫じゃなくても、自分で出した交換条件なんだから座りなよ」

さっき、仙台さんは迷った。

すんなりと従わなかったところを見ると、受け入れがたい交換条件だったことに間違いはない。それでも彼女は従うと決めた。

躊躇うような条件を呑《の》んでまで仙台さんが叶《かな》えたいこと。

それが〝触りたい〟ということだけだとは思えない。

「……仙台さんがここまでしてしたいことってなに？」

「触りたいだけって言ったと思うけど」

「ほんとにそれだけ？」

「そうだよ。宮城《みやぎ》が怒るようなことはしないから」

仙台さんが真《ま》っ直《す》ぐに私を見て言う。

落ち着いた声は、嘘《うそ》をついているようには思えない。けれど、私が怒らない程度に触るくらいのことがしたくて、ここで足を舐めることを受け入れたとは考えられなかった。大体、彼女がこんなことを望む理由がない。望むきっかけだってなかったはずだ。

それでも、仙台さんが今、私だけを見ている。

それは、どうして交換条件を受け入れたのかという疑問を些細《ささい》な問題にしてしまう。

仙台さんのブラウスはボタンが二つ目まで外されていて、ネックレスが見える。

卒業式まではこういう仙台さんであるべきで、今はそれが叶っている。そう思うと、悪い気はしなかった。

「宮城、早く座りなよ」

交換条件を持ち出したのは私だ。

仙台さんの言葉に従うわけではなく、自分の言葉に責任を持つために椅子に座る。仙台さんがゆっくりと床に膝をつく。そして、私の上履きとソックスを脱がせた。

音楽準備室のドアは閉まっている。

不安なのか、仙台さんが入り口を確かめるように見る。

廊下から声が聞こえることも足音が聞こえることもなく、彼女が小さく息を吐く音だけが聞こえてくる。

視線がドアから私に向く。

舌ではなく、指先が足の甲を這《は》う。

柔らかく押しつけられる指がくすぐったくて、仙台さんの足を軽く蹴る。

「そうじゃなくて、舐めて」

私の言葉に応えるように、仙台さんが踵《かかと》を掴む。足が少し持ち上げられ、彼女の顔が近づく。指の付け根辺りに舌ほどは湿っていないものが押しつけられて、すぐにそれが唇だとわかった。小さな音とともに唇が何度か足の甲にくっつく。

舐めて、という言葉に従わない彼女に抗議をするように足を唇に押しつけると、唇よりも熱くて湿ったものが足首に向かって動いた。

「これでいい？」

仙台さんが顔を上げて尋ねてくる。

「だめ」

いいわけがない。

最終的にやると決めたのは仙台さんだ。

適当に誤魔化して、それで終わりなんて許されるわけがない。

「ちゃんと舐めてよ」

「舐めたでしょ」

「今のは舐めたうちに入らない」

「入ると思うけど」

「入らない」

断言すると、仙台さんが私の足を引っ張って親指を噛《か》んだ。加減はされていたけれど、結構な力で歯が立てられたせいで痛い。文句を言いたくて口を開いたけれど、なにか言う前に足の甲を舐められる。

舌先が這い、足首を上っていく。

生温かい舌が肌の上を撫《な》でるように動く感触は、それほど悪いものじゃないと思う。

初めて仙台さんに足を舐めさせたときは、自分から言い出したものの少し気持ちが悪かった。けれど、接点なんてまったくなかった仙台さんみたいな人が私の命令をきいて、足を舐めていることに優越感に似たなにかを感じた。

でも、今はあのときとは違う。

骨の上を滑る舌は、背骨の辺りをピリピリとさせる。まるで電気が流れているような感覚は、気持ちの悪さとは異なるものだ。

足に少しだけ力を入れて仙台さんの舌に押しつけると、舌先がぴたりと足にくっつく。

そして、押し返される。

仙台さんの体温は、暖かいとは言えない音楽準備室にいるととても心地が良いけれど、こんな条件を受け入れるくせに譲ってくれないことがある彼女に不満を感じる。

どうして。

どうして、仙台さんは県外の大学に行くんだろう。

執拗《しつよう》に私の志望校を変えさせようとしてくるのに、自分は変えるつもりがない。

いや、仙台さんが県外の大学にこだわる理由が彼女の家族にあるだろうことはわかっている。でも、学校でこんなことまでするのに、私が一度だけ口にした「ここに残って」と言う言葉を考えてくれもしない仙台さんに苛立《いらだ》ちを感じる。

理由が想像できても、納得できない。

だから、仙台さんに大学のことは言いたくない。

舞香《まいか》には同じ大学を受けようと思っていると話したけれど、同じことを仙台さんに言えば、私が仙台さんを追いかけようとしていると思われそうで嫌だ。

ただ、気にはなっている。

このことを話したら、仙台さんは私に触れている舌で、唇で、そして優しそうで私にはそれほど優しくない声でなんと言うだろう。

「宮城、まだするの？」

「続けてよ」

彼女を軽く蹴る。

一瞬、仙台さんが顔を顰《しか》めて、すぐに視線を落とす。舌でも唇でもないものが私の足に触れる。彼女の指先がくるぶしを撫で上げ、ふくらはぎを駆け上がる。スカートがたくし上げられ、膝に柔らかな唇が触れてぬるりと舌が這う。

緩く、ときどき強く舌が膝を撫でる。

それは明らかにさっきとは違う舐《な》め方で思わず足を引いたけれど、すぐに引き戻された。

心臓がぎゅっと縮んだみたいに苦しい。

仙台さんは、こぼれた液体を拭うみたいに私の足を舐め続けている。

ヤバい、と思う。

考えたいわけではないが、記憶が蘇《よみがえ》る。

夏休み最後の日、私の部屋で、仙台さんが。

息を止めて、流れ出す記憶とともに吐き出す。

油断するといつもこうだ。

この前、指を舐めてと命令したときだって普通に従ってはくれなかった。舐めるという行為に別の意味を感じそうになるやり方をした。

「ストップ。もう終わり」

仙台さんの頭を膝から離すように押す。

でも、離れるどころか強く吸われて、甘噛みされる。

夏休み、仙台さんとああいうことをしてもいいと思った。それは確かなことだけれど、今はああいうことをするべきじゃないと思っている。

このまま続けてもいいなんて思いかけている私は間違っている。

この気持ちは、仙台さんに向けていいものじゃない。

膝の少し上に唇が触れる。

「仙台さん、やめてよ」

音楽準備室の片隅、大きな声は出していないけれど彼女に聞こえないはずがなかった。にもかかわらず、仙台さんは私のスカートを必要以上にめくって、膝の内側に唇をつけた。

隠れていた部分が準備室の冷たい空気にさらされて寒いはずなのに、仙台さんが触れたところだけ熱い。

唇がもう一度押し当てられて、ちゅっ、と小さな音が聞こえる。

彼女の手が膝を軽く掴み、外側へと押す。

太ももに生温かいものがくっついて、離れる。

でも、すぐにまたくっついて、強く押しつけられる。

くすぐったくて、体が小さく動く。

膝に触れていた彼女の手が緩やかに滑り、するりとスカートの奥に入り込もうとする。

——これ以上は駄目だ。

仙台《せんだい》さんの頭に手を伸ばす。

そのまま彼女の頭を押さえ、自分の脚を改めて見る。

随分と酷《ひど》い格好だと思う。

足の間に仙台さんの頭があるし、人には見せられないくらいスカートが乱れている。自分だけこんな格好をしていると思うと恥ずかしい。

一つどころか十も二十も文句を言いたいけれど、とりあえず仙台さんの頭を思いっきり押して遠ざける。そして、乱れたスカートを整える。

「こんなことしてって言ってない」

言いたい文句を一つにまとめて仙台さんにぶつけ、何事もなかったかのような顔をしている彼女を睨《にら》む。足を舐めてという命令は何度もしてきたけれど、ここまでされたことはなかった。

「宮城に言われたとおり、足舐めただけだけど」

「舐めただけじゃなかった。変なこともしたじゃん」

「じゃあ、こういうのならいいの？」

仙台さんが私のスカートを少し持ち上げて、膝に舌を這わせる。頼んでいない行為に驚いて、足がぴくんと動く。湿ったグミがくっついたみたいな感覚が太ももに近づいてきて、私は仙台さんの額を押した。

「やめてよ。大体、そこは足じゃない」

「足でしょ、膝だし」

「違う。膝は足じゃなくて膝」

「その理屈で言うと、どこからどこまでが足なの」

そう言うと、仙台さんが私のふくらはぎを撫でた。ついでにとばかりに指を這わせてきて、私は彼女の手を叩《たた》く。

「これで終わりだから、足がどこまでなんて関係ない。もう少しはなれて」

ぐいっと仙台さんの額を押すと、素直に体が離れて拍子抜けする。だが、彼女がいうことをきいたのは最初だけで、すぐに私の足を摑んでくる。

「靴下、はかせてあげる」

「自分ではくからいい」

「ここにあるのに？」

脱がされた上履きの中、くしゃりと丸めて置かれたソックスが見える。しかも、上履きは仙台さんの隣にあって、椅子に座った私が簡単に取れる位置ではなかった。

「返してよ」

「はかせてあげるって言ってるんだから、そのまま座ってなよ」

足を掴まれたままの私は、立ち上がりたくても立ち上がれない。仙台さんに言われなくても座ったままでいるしかなく、自分でソックスを取ることもはくこともできない。

不本意だけれど、彼女に従う。

指先が足の甲に触れる。くすぐったいくらい緩やかに撫でてから、仙台さんが慣れた手つきで私にソックスを履かせる。

事も無げにこういうことをする彼女は、あまり好きじゃない。

こういうことは普通ではないはずで、でも、仙台さんは普通ではないことをすぐに受け入れて、慣れて、当たり前のことのようにする。それは、彼女の日常に私が取り込まれているようで気分が悪くなる。

仙台さんは、私がなにを考えているかなんて気にしていない。

上履きも当たり前のように履かせて、膝にキスをしてくる。

「だから、そういうことはしないでって言ってるじゃん」

「次から気をつける」

反省もしていないし、気をつけようとも思っていない顔で仙台さんが言う。

このまま座っていたら、なにをされるかわからない。

私は立ち上がり、触られてもいないブレザーを叩いて整える。同じように仙台さんも立ち上がると、スカートの埃《ほこり》を払ってから言った。

「で、交換条件は？　もう宮城《みやぎ》に触ってもいいよね」

権利を当然のように主張する。

「いいよ、触れば。でも、キスだけじゃなくて制服脱がせたりするのも禁止。ボタン外すのも駄目だから」

「条件、後から付け足すのずるくない？」

「ずるくない。仙台さんすぐ変なことしようとするから、付け足さないと危ないもん。それに私が怒るようなことはしないんでしょ」

行き過ぎた行為に対する罰だ。

——とまでは言わないけれど、彼女の好きにさせたら触るだけの交換条件がどこまでエスカレートするかわからない。本当に少し触るだけかもしれないけれど、これまでの仙台さんの行いを振り返ると信じられるわけがなかった。

「まあね。さっき言った通り、宮城が怒るようなことはしないよ」

仙台さんが風に舞う木の葉よりも軽い声で言って、にこりと笑う。でも、柔らかな笑顔は学校で見かける仙台さんのもので、余計に信用できない。

「ほんとに変なことしないでよ」

念を押すように言うと、不満そうな声が返ってくる。

「私ってそんなに信用ない？」

「自分がさっきしたこと考えて反省したら」

「もうしたから大丈夫」

「……なら、いいけど」

不安はある。

けれど、仙台さんは行き過ぎていたにしても約束を守った。

私も守るべきだと思う。

じっと彼女を見ると、一歩、二歩と近づいてくる。

なにをされるかわからず、体が硬くなる。

キスをするときと同じくらい仙台さんが近くに来て思わず後退《あとずさ》ると、椅子に足が当たった。

ガタン、と大きな音が響いて、仙台さんが私の腕を摑む。

そして、私を抱きしめた。

「……なにこれ」

キスをするときよりも仙台さんとの距離が近くて、私は独り言のように呟《つぶや》く。

「一般的にはハグって言うと思うけど」

「そんなこと知ってる」

わかっているけれど、聞きたくなるくらい仙台さんとの距離が近かった。それに彼女に抱きしめられたのは初めてで、冷えた音楽準備室が暑く感じられるくらい体がふわふわとする。

心臓もおかしい。

なにかしているわけでもないのにどくどくとうるさくて、仙台さんに聞こえてしまいそうな気がする。

「ここに残るの、やめなよ」

唐突に仙台さんが予想もしなかったことを口にする。

「残るのやめなよって、なんのこと」

彼女が言おうとしていることは、大体わかった。それでも聞き返すと、仙台さんの腕に力が入って強く抱きしめられる。

「大学、一緒にご飯食べられるところにしたらってこと」

今、彼女がどんな顔をしているのか見たいと思う。

なのに、背中に回った腕のせいで体を動かすことができない。

仙台さんの感情を伝えてくるものは耳もとで聞こえる声だけで、でも、その声は起伏がなく、平坦《へいたん》なもので彼女の表情を想像することすらできなかった。

「仙台さんに私の進路を決める権利ないから」

ぼそりと答えると、静かな声が返ってくる。

「今もさ、宮城の家で一緒にご飯食べてるじゃん。卒業してもときどき一緒に食べたら、楽しそうじゃない？」

仙台さんを否定する言葉は受け入れられず、彼女は卒業したあとのことを語る。

私は、こういう彼女になんて答えていいのかわからない。

語られる未来は楽しそうに思える。

一人でする食事よりも仙台さんとする食事のほうが美味《おい》しいし、喋《しゃべ》らなくても隣に誰かがいてくれると安心できる。卒業したら仙台さんと会えなくなるのはつまらないとも思っている。

けれど、仙台さんの言葉を信じられるほどの自信はない。

今も彼女がどんな顔をしているのかわからないし、声も心ないものに聞こえる。卒業しても彼女が私と一緒に食事をしたいなんて、信じられるわけがなかった。

「宮城？」

耳もとで声が聞こえる。

「もう終わり」

卒業後の夢物語には触れずに腕の中から抜け出そうとしたけれど、背中に回った腕は緩まない。

「もう少しいいでしょ」

「だめ」

「いいじゃん」

「よくない」

「いいって言いなよ。――志緒理《しおり》」

仙台さんが囁《ささや》いて、私の耳に柔らかいものが触れた。

すぐにそれが唇だとわかる。

ぴたりと押しつけられたそれがくすぐったくて、私は仙台さんの体を力一杯押した。

「名前、呼ばないで」

糊《のり》が付いた紙を剝がすように、仙台さんの体をバリバリと剝がす。そして、耳を拭う。

「命令の内容が重かったわりに、私のできることが少なくない？」

仙台《せんだい》さんが不満そうに言って、私を見る。

「十分でしょ」

あとから条件を足したけれど、できることがそれほど多くないことは最初からわかっていたことで文句を言われる筋合いはない。これ以上することなんてないし、キスをした場所は耳であってもキスをしないという条件に反している。

それに抱きしめるなんて、まるで――。

私は浮かんだ言葉を消すように息を吐いて、鞄《かばん》を摑む。

「これからもここで宮城の命令きいたら、また触らせてくれる？」

「駄目」

仙台さんが近づいてくればくるほど、側にいることが当たり前のことのように思えてくる。

卒業しても、隣にいて、一緒にご飯を食べて。

今までと同じように命令もして、こういう毎日が続くような気がしてくる。

でも、そんなことはやっぱりあり得ない。

「だめって言いながらも、呼んだらまた来てくれるんでしょ」

「来ないから、呼ばないでよ」

「はいはい」

私の言葉が届いているとは思えないほどぞんざいに言うと、仙台さんが手を繋《つな》いでくる。

「なに？」

「帰るんでしょ？」

「手を繋いで？」

「冗談に決まってるでしょ」

仙台さんがにこりと笑って手を離す。

「先に帰る。仙台さんはあとからここ出て」

私は彼女から離れて、距離を取る。

「あとって何分？」

「十分したら」

「五分にしなよ」

「仙台さん走ってきそうだから、絶対にやだ」

本当に走ってくるなんて思っていない。

ただ、ほんの少し時間が欲しいだけだ。

短い時間に色々なことがありすぎて、ただでさえ良くない頭が壊れてしまっている。

私は、仙台さんに背を向けて音楽準備室を出る。

ぺたぺたと廊下を歩いて振り返る。

当然、そこに仙台さんの姿はなかった。


旧校舎を出て、昇降口へ向かう。

学校に誰もいないわけではないけれど、誰もいないのではないかと錯覚してしまうほど廊下は静かだ。これで暗かったら怖くなって走り出していたかもしれないが、今日はまだ外が明るい。急ぎ足くらいのスピードで歩いて、誰ともすれ違わずに下駄《げた》箱の前まで辿《たど》り着く。

靴を履いて、外へ出る。

風の冷たさに震えながら、振り返る。

仙台さんはいない。

当たり前だ。

十分してから来てと言ったのは私で、仙台さんはそれを守る。彼女がそれを守りたくないのなら、なんだかんだと理由を付けて私の隣にいるはずだ。

たとえば、目的地が一緒だから。

今日、私はいつものメッセージで仙台さんを呼び出している。『放課後、音楽準備室にきて。待ってる』なんて返事が来て予定が狂ったけれど、今から向かう場所は同じだ。私の家へ行くのだから一緒に帰ることができるが、私たちは学校では関わらない約束だ。

だから、これでいい。

ふう、と息を吐く。

辺りが白く染まるほどではないけれど優しさの感じられないひんやりとした空気に、去年の今ごろよりも気温が低いとわかる。

仙台さんがいないと寒い。

音楽準備室では仙台さんが近すぎて暑いくらいだった。

――違う。

あれは仙台さんが触れた部分だけが熱かっただけで、寒さと彼女にはなんの関係もない。

私は前を向く。

のんびりしていたら、仙台さんに追いつかれてしまう。

急に抱きしめてきたことだとか、私がここに残ることを否定する言葉だとか。

仙台さんがしたこと、言ったことすべてが気になるけれど、そんなことを気にしている場合じゃない。深く考えると動けなくなってしまうし、仙台さんがすることすべてに意味があるように思えてくる。

私は校門を出て、息が切れない程度の急ぎ足で家へ向かう。

街の中、何人もの人とすれ違って、いくつもの店の前を通り過ぎる。そして、週に何度か寄るスーパーの前で足を止める。

今日は冷蔵庫の中になにもないんだっけ。

冷凍食品もなければ、レトルト食品もインスタントラーメンもない。簡単に食べられそうなものはまったくなかった。

仙台さんが全速力で走ってくるなんて馬鹿みたいなことをしなければほんの少し時間があるから、ちょっとしたものを買うくらいの余裕はある。

私はスーパーの中へ入って、カゴを持つ。

キャベツにじゃがいも。

レトルトのカレーとシチューに、冷凍食品をいくつかカゴに入れる。そして、迷ってから豚肉と鶏肉《とりにく》、カレーのルーも放り込んで会計を済ませる。いつもよりも重い袋を持って外へ出ると、二十分ほど経《た》っていた。

スマホを見ると、先にマンションに着いたらしい仙台さんからいくつかメッセージが届いている。

私は返事を送りかけて、手を止める。

今日あったことを考えると、仙台さんが帰ってしまえばいいと思う。十分してから音楽準備室を出てと言うよりも、今日は来なくていいと伝えたほうが良かった。急に今までしなかったようなことをしてきた仙台さんと、どういう顔をして会えばいいのかわからない。

私は、普段買わない物が詰まった袋をぶんっと振る。

腕にかかる重みに歩くスピードが落ちる。

のろのろずるずると進まない足を引きずるように歩くと、少しずつ家に近づいていく。マンションの明かりが見えて、エントランスへ入る。すると、不機嫌そうな声が聞こえた。

「十分先に出たわりに遅くない？　スマホ見てないでしょ」

聞き慣れた声に壁際《かべぎわ》を見ると、いなくてもおかしくない仙台さんがいる。鼻の頭がちょっとだけ赤くて、暑がりの仙台さんが寒そうに見えるほど待たせたらしいことがわかった。

「待ってたんだ」

「そりゃ、待つでしょ。十分経ってから来いって言って、居留守使ってたら驚く。今日寒いんだし、寄り道なんてしてこないでよ」

寒かったなら帰ればよかったのに。

　そう言いかけて、私は手に提げた袋を彼女に見せる。

「これ」

「なに？　荷物持ちしろってこと？」

「仙台さんが作る夕飯の材料」

　私は荷物を仙台さんに押しつけて、ロックがかかっているエントランスのドアを解錠する。

「私、今日夕飯作るんだ？」

「命令だから」

　反論できない言葉を口にすると、仙台さんが「なるほどね」と呟《つぶや》いて歩きだす。二人でエレベーターに乗って、六階で降りる。仙台さんは手を繋いできたり、お喋《しゃべ》りをしたりしない。私たちは玄関で靴を脱いで、キッチンへ直行する。

　電気とエアコンをつけると、仙台さんが袋の中のものを片付け始める。気まずくはないけれど、話すことはない。仙台さんは音楽準備室で私を抱きしめてきたとは思えないほど普通だ。

　大体、彼女はなにかあってもなにもない顔をしている。いつもはそういう仙台さんに苛《いら》つくけれど、今日はほっとする。なにかあるような顔をされたら、一緒に居づらい。

私は片付けが終わるのを待って、彼女に五千円札を渡す。

「それ、いらないって言ったら？」

五千円を初めて見るみたいな顔をして仙台さんが言う。けれど、これは儀式のようなものので、五千円を渡さなければ私たちの関係は成立しない。対価がないままここで仙台さんが食事を作り始めたらそれは命令ではなくなってしまうし、卒業しても一緒にご飯を食べるという彼女の馬鹿みたいな話に影響されたようにも見えてしまう。

今日、食事を作ってもらうのはそれとはまったく別の話だ。

たまには誰かが作ったものを食べたい。

そう思っただけだ。

「帰りたいなら、受け取らなければいい」

私が行き場を失いかけている五千円をしまおうとすると、仙台さんがそれをぴっと引っ張った。

「ありがと。夕飯を作ればいいんだっけ？」

五千円を財布にしまった仙台さんに問いかけられる。

「そう」

「先に作って食べてから勉強でいい？」

「いいよ」

「で、なに作ればいいの？」

「適当に作って」

軽い気持ちでそう言うと、冷蔵庫の中を覗《のぞ》いていた仙台《せんだい》さんが冷蔵庫ではなく私を見た。

「適当って……。わざわざ食材買ってきたってことは、なにか食べたいものがあるんじゃないの？」

「なんでもいい。料理しないし、なに買ってくればいいかわからないから適当に買ってきただけ」

「ノープラン過ぎない？」

「だって、わかんないもん」

素直に答えると、仙台さんがうーんと唸《うな》る。そして、冷蔵庫をパタンと閉めて立ち上がった。

「私だって料理が得意なわけじゃないし、適当に買い物してきてそれで適当に食事を作ってって言われても無理なんだけど」

「じゃあ、買ってきたそれ温めれば」

私は、カウンターテーブルの上に置かれたレトルト食品を指さす。

「温めてもいいけど……。それだと夕飯作ったって言わないし、カレー作ろうか。じゃがいもとお肉あるし。玉ねぎも人参《にんじん》もないけどいいでしょ」

命令をした本人がいいと言っているのだから、レトルトで済ませてしまえば楽だと思う。でも、変に律儀《りちぎ》なところがある仙台さんは、命令をレトルトで済ませることを良しとしない。そういう彼女の少し真面目なところは嫌いじゃないけれど、時々面倒だ。なんでも適当にしてくれたら、私の進路に口を出してくることもない。そのほうが余計なことを考えずに済む。

「まかせる」

短く答えると、「ご飯は？」と聞かれる。

「冷凍してあるから、それ使って」

「わかった」

「じゃあ、向こう行ってるから」

言いたいことはいろいろあるけれど、とりあえず仙台さんの作りたいものを作ってもらうことにしてキッチンを出る。カウンターテーブルの椅子に座り、リビング側から仙台さんを見る。

一度決めてしまった彼女になにを言っても無駄だ。

その証拠に私がまかせると言う前から、仙台さんは鍋や包丁を並べていた。今はもうじゃがいもを洗っている。

彼女が言う『一緒にご飯を食べる』という行為に料理をすることが含まれているとは思わないけれど、誰かが料理をしている姿を見るのは悪くない。この家に私以外の誰かがいることに安心する。

そして、私はその誰かが仙台さんだということを望ましいことだと思っていて、こういうことが当たり前のように続くことも望ましいことだと思っている。でも、仙台さんが作る当たり前は、彼女の気まぐれである日突然なくなるかもしれないものだ。

そう思うと、少し気持ちが重くなる。

それに仙台さんを見ていると、茨木《いばらき》さんと話を合わせるために雑誌を読んでいるように、私に合わせてくれているだけのようにも見える。私に合わせるメリットはなさそうだけれど、そう考える方が自然だ。

私は皮をむかれ、刻まれ、形を変えたじゃがいもを炒《いた》めている仙台さんに問いかける。

「……仙台さんはここに残らないの？」

勇気を出して、というほどじゃない。

それでも聞きたかったけれど聞きにくかったことだから、口がなかなか動かなかったし、声が掠《かす》れた。そのせいかとても大切なことを言ったような口調になってしまって、言わなければ良かったと少し後悔する。

仙台さんはなにも言わない。

聞こえないほど小さな声で言ったつもりはないけれど、仙台さんはカレーを作り続けている。

返事がないからといって、催促するつもりはない。

カウンターテーブルに額をごつんとつけると、仙台さんの声が聞こえてくる。

「それは、私にここに残ってほしいってこと？」

「質問してるの、私なんだけど」

顔を上げて仙台さんを見ると、サラダを作るのかキャベツを手にしていた。

「ここの大学には行かない」

私が口にしたぼんやりした質問は、しっかりと意図が伝わっていて想像通りの答えが返ってくる。わかっていたけれど、自分の考えを曲げない彼女に文句を言いたくなる。

「……一人暮らしならここでもできるじゃん」

「ここではしたくない」

仙台さんが短く答えて、キャベツを刻み始める。そして、トントンという音に紛れるくらいの声で続けた。

「宮城《みやぎ》と一緒にご飯食べるのも、あと——。あとどれくらいだっけ？」

わざとらしく尋ねてくる。

「自分で考えれば」

「三月に卒業式で二月は学校ほとんどないし、十二月と一月くらい？」

「たぶん」

卒業式はすぐというほど近くない。

それでも、二月になったら仙台さんが来なくなるかもしれないと思うと今から食事をすることが憂鬱になる。この家にいると、片側が空いているだけで寒い。ただそれだけのことだけれど、仙台さんは隣にいるべきだと思う。それが当たり前になっているのだから、当たり前のようにいてくれないと困る。

こんなことになるなら、夏休みのあの日にどうにかなってしまえば良かったと一瞬思う。ああいうことはするべきじゃないことだと結論付けてはいるけれど、どうにかなっていればつまらないことを考える前に舞香《まいか》と同じ大学を受けると仙台さんに言えたような気がする。

でも、現実は違う。

私たちはどうにもならなかったし、私は未《いま》だにこの先を決められずにいる。そもそも大学に合格するかどうかはわからないことで、受かったら決めればいいと選ぶことから逃げ続けている。

ただ、この家は仙台さんと過ごした時間が多すぎて、この家から離れたいと思っている。

それだけが変わりそうにないことだった。

第8話　宮城のことが知りたい

宮城を抱きしめた。

それはたった二週間ほど前のことで、それほど時間が経《た》ったとは言えない。でも、鮮明だった記憶は急速にぼやけ、腕の中にあった感触は思い出せないくらい不確かなものになっている。

あの日、宮城は大人しく腕の中にいたけれど、もうあんなことはないような気がする。

そう考えると、もっとしっかりと宮城の感触を記憶に刻んでおくべきだったのかもしれない。

彼女のカットソーとブラウスが入っているチェストの中に、記憶も並べてしまっておけたら良かったのにと思う。

そんなことを考える私は、随分と病んでいるのかもしれない。

嫌になるな。

夜中にはまだ早い時間、部屋で問題集を解いていた私はペンを机の上に転がす。コロコロと転がったペンはノートを越えて、教科書に当たって止まる。

期末テストが近づいてきているせいで、机に向かっている時間が延びている。ずっと勉強ばかりしているような気がするが、実際に勉強ばかりしているから気のせいではない。

そこに受験というイベントも加わっているから、さすがに気が滅入《めい》ってくる。

勉強は嫌いではないけれど、受験というイベントは早く終わってほしいと思う。でも、受験が終われば、宮城との約束がある卒業式がやってくる。今の私は、宮城と会えなくなることを望んではいない。

宮城があまり触らなくなったペンダントに触れる。

ブラウスの三つ目のボタンを外せと命令されるか宮城が外すかのどちらかによって確認され、触れられてはいるが、その回数は減っていた。彼女がペンダントに触れなくなった分、私は料理をさせられている。

ペンダントを触られたいわけではないけれど、触られないのも落ち着かない。つけたら外せなくなる呪いのアイテムにも似たこれは、ずっと私を縛り続けている。このペンダントのせいで、くだらないことばかり考えているようにも思える。

両頰を軽くパンと叩《たた》いて、淀《よど》んだ空気を断ち切る。

立ち上がって、カーテンをほんの少しだけ開ける。

窓を見ると、大きな雨粒が風で叩きつけられていた。

勉強を始める前から聞こえていた雨音は随分と大きくなっていて、風音も加わっている。その音は静かな部屋にいると怖いくらいで、もっと寒くなって雪に変わってしまえばいいのにと思う。

私は椅子に座って、スマホを手に取る。

こんなとき、宮城はなにをしているんだろう。

初めて宮城の家へ行ったときから今まで、彼女以外の誰かがあの家にいたことはなかった。両親がなにをしている人なのか知らないし、何故《なぜ》、いつもいないのかも知らない。そして私は、怖がりだという宮城がこういう夜に怖いと思うのかどうかも知らずにいる。

メッセージアプリを立ち上げて、宮城の名前を表示させる。

少し迷ってから、電話をかける。

呼び出し音が二回、三回と増えていく。

六回鳴ったところで諦めて電話を切ろうとしたら、宮城の声が聞こえた。

「……仙台《せんだい》さん？」

「うん、そう」

「こんな時間になに？」

なに、と聞かれても困る。

はっきり言えば、用もないのに電話をかけた。

でも、それをそのまま宮城に伝えたら怒りそうだ。

「天気悪いから。宮城、怖がりだから震えてそうだなと思ってさ」

電話をかけるきっかけになった出来事をなるべく軽く言う。

「別にそんなに怖がりじゃない。苦手なのはおば……じゃなくて、映画とかテレビのホラー系だけだし、雨とか風は平気」

お化けは怖いらしいが、多少の風雨は怖くないというのは本当のようで、電話の向こうで怯《おび》えている様子はない。

「そうだ、雷は？　平気？」

話題を探して、これから鳴るかもしれない雷について尋ねる。

「苦手だけど、怖いわけじゃない」

「苦手だけど、怖くないんだ？」

「……悪い？」

「悪くないけど」

私がそう言うと、ぷつりと会話が途切れる。

こうなると、宮城となにを話せばいいのかわからなくなる。

声が聞きたかっただけ。

ほんの少し心配だっただけ。

そんなことを言うつもりはないし、思ってもいない。

たぶん、きっと、思っていない。

でも、せっかくかけた電話を切りたくないとは思っている。

「今、家に一人？」

気の短い宮城が電話を切ると騒ぎだす前に、長くなりそうな沈黙を埋める。けれど、スマホからはなにも聞こえてこない。

あまりいい質問じゃなかったな。

宮城は自分のことをほとんど話さない。そして、聞いても話をそらしてしまう。

「……そうだけど」

今した質問はするべきものじゃなかったと後悔しかけた私に、宮城の小さな声が聞こえてくる。

「夜っていつも一人なの？」

「親、ほとんど帰ってこないから」

そうじゃないかと思っていたが、初めて本人の口から家族の話を聞く。

どうして答えてくれたのかわからないが、珍しい。

「二人とも仕事？」

「仙台さん、なにか話あるんじゃないの？」

答えたくない類いの質問だったようで、宮城の声が少し低くなる。話をそらしたいという空気が伝わってきて、私は仕方なく素直に告げる。

「特にないけど」

こうなると話はぷつりと途切れて、部屋の中は窓の外から聞こえてくる雨と風の音だけになる。他にも聞きたいことはあるけれど、宮城は大学のことを聞こうとすると目に見えて不機嫌になる。たとえば今、大学と言ったら、電話を切ってしまうに違いない。

バランスが悪いと思う。

私ばかりが宮城に傾いているようで、釣り合いが取れない。

でも、そんなことを嘆いていても彼女は喋《しゃべ》りたいこと以外は喋らないし、沈黙が続く。おそらくこのまま沈黙が続けば、大学のことを聞かなくても宮城は電話を切ってしまうはずだ。

さすがに一方的に電話を切られたくはないから、私は自分から告げる。

「もう切ったほうがいいね」

じゃあ、おやすみ。

続けてそう言おうとしたけれど、その言葉は宮城《みやぎ》に遮られる。

「仙台さん、もう少しなにか話してよ。怖いわけじゃないけど、外がうるさいし」

言い訳のような言葉の後に「やっぱり今のなし」と付け加えられ、私は即座にそれを否定する。

「なしにするの、なしね。もう少し話すから」

「なに話すの？」

「答えたくないなら答えなくていいけど、宮城って下の名前で呼ばれたくない理由あるの？」

気になっていたことの一つで、当たり障《さわ》りのないものを口にする。

「志緒理《しおり》って呼ぶの、友だちだけだし」

そうだとは思っていた。

私と宮城は友だちじゃない。

予想していた答えは、当たっても嬉《うれ》しくもなんともない。

「友だちになったら呼んでもいいんだ？」

面白くない答えに質問をもう一つぶつけるが、宮城は返事をくれない。かわりに「葉月《はづき》って」と私の名前を呼んだ。

彼女からほとんど呼ばれたことのない呼び方に、どくん、と心臓が鳴る。でも、それはおかしなところで言葉が句切られただけで、質問がくっついてくる。

「――誰が呼ぶの？　友だちだけ？」

「友だちだね。あとは親とか。宮城も呼んでいいよ」

「友だちでも親でもないし」

「言うと思った」

朝、おはようと挨拶するように、こういうときに宮城が言うことは決まっている。ファストフードの定番メニューみたいなものだ。友だちを否定する言葉は、宮城の中からなくならない。

私も友だちという関係にこだわっているわけではないから否定されてもかまわないけれど、すっきりとはしない。

「仙台さん。ネックレス、今もしてる？」

「してるよ」

「今、それ触って」

「自分で?」

宮城から一方的にペンダントを触られることはあっても、自分で触ってと言われたことはない。だから、思わず聞き返した。

「そう」

「いいけど」

あまりにも自然に言われたせいで、そうすることが当然のように従ってしまったけれど、今は命令されるような時間ではない。でも、断るほどのことでもなくて、私は宮城の言葉に従うことに決める。

部屋着にしているパーカーの上、ペンダントがあるあたりに手を置く。軽くそこを撫《な》でてから「触った」と告げると、すぐに宮城が言った。

「服の上からじゃなくて、直接触って」

「宮城って、私の部屋に監視カメラかなにか仕掛けてる?」

「そんなわけないでしょ。っていうか、ちゃんと触ってないじゃん。直接触ってよ」

「触るけど」

ゆったりとしたパーカーの裾から手を入れ、ペンダントのチェーンに直接触れる。部屋が暖かいからか、手もチェーンも冷たくはない。私は、宮城がするように指をゆっくりと滑らせる。

指先に感じる小さな抵抗を無視して、ペンダントトップに向かって肌と一緒にチェーンを撫でていく。

くすぐったくはないけれど、自分で触っているとも思えない。

なんだか落ち着かなくて、息を細く吐く。

「ちゃんと触ってる？」

「触ってるって」

宮城の声が聞こえるせいで、少し変な気持ちになる。

自分の指のはずなのに、まるで宮城に触れられているみたいな気がしてくる。

少し息苦しい。

指先がチェーンの小さな凹凸を必要以上に感じる。

「ほんとに？」

スマホから聞こえてくる声が耳を撫でて、鼓膜を震わせる。

宮城の息遣いまで聞こえてきそうで、私は自分の声ですべてを遮った。

「動画でも送ろうか？」

「いらないし、もう触らなくていい」

チェーンを撫でる手を止めると、宮城が私を喋らせないように言葉を続ける。

「仙台《せんだい》さん、もう切るから」

「わかった。おやすみ」

そう言うと、雨と風の音に負けそうなくらい小さな声で宮城が「おやすみ」と返してきた。

◇◇◇

最近ずっと見ていなかった夢を見た。

気分が良くない。

夢を見た理由はわかっている。

昨日、宮城の声を聞いてから眠ったせいだ。

夢は夏休み最後の日に起因するもので、二学期が始まってから何度か見たものと同じだ。具体的に言えば、夏休み最後の日に起こったことをそのまま夢に見た。現実にはなかった〝続き〟を見たこともあったけれど、今日はそういうことはなかった。どちらにせよ寝覚めが良いとは言えない夢で、あまり見たくない夢に分類される。

当然だ。

元クラスメイトにキスをして、Ｔシャツをめくって、直接肌に触れた。向こうからも触れられて、下着の上からだけれど胸を触って――。

そんな夢を見て、にこやかに学校へ行けるわけがない。

私はため息を一つつく。

抱きしめたときと同じで宮城の感触だけが薄れてきていて、感覚の消失とともに見なくなっていた夢を今さら見るとは思わなかった。

あの日をもう一度やり直して、続きがしたいと思っているみたいで憂鬱になる。たとえそんなことを思ったとしても宮城は絶対に許さないだろうし、私の理性がガラスよりも脆《もろ》くてももうあんなことはできない。――たぶん、できないと思う。だから、憂鬱になることしかできない。

私は、目覚まし代わりのスマホを手に取って時間を見る。そこにはそろそろ準備をしなければ遅刻してしまいそうな時間が表示されていたが、体を動かそうとは思えなかった。

学校、行きたくないな。

サボってどこかへ行こうかと考えて、思い直す。

学校から家に連絡が来たら面倒なことになりそうだ。

エアコンのスイッチを入れて、ベッドから這《は》い出る。

私は落ち着かない髪をくしゃくしゃとかき上げて、学校へ行くための準備を始める。

「寒い」

歯を磨いて、制服を着て。

身なりを整え、朝食はとらずに家を出る。

できれば、学校で宮城に会いたくないと思う。でも、こういう日に限って会ってしまいそうで、足が重くなる。けれど、歩けば嫌でも学校が近くなり、私は校門を抜けて校内へ入る。

教室へ向かう途中に宮城とすれ違うかもしれないと思ったが、そんなことはなかった。何事もなく自分の席に辿《たど》り着く。こんな日は、宮城とクラスが違って良かったと心の底から思う。

いつものように羽美奈《うみな》の元へ行き、雑誌に載っていた洋服が欲しいだとか、イケメン俳優が出ているドラマが期待外れだったとか内容があるようなないような話をする。

学校にいるときは、宮城といるときの三倍以上喋っている。ドラマの話に興味はないが、洋服やアクセサリーの話はそこそこ楽しい。羽美奈と服の趣味は合わないけれど、新しいショップができたとかそういう情報のやり取りは嫌いではない。

今日は、あまり気が乗らないけれど。

結局、テンションが上がらないまま授業を二つ受けて、体操服を取り出す。寒がりではないけれど、冬の体育は受けたくない授業に属する。

更衣室に移動するだけで寒いし、体育館やグラウンドはもっと寒い。それでもサボるわけにはいかないから、私よりももっと気が進まないことが見て取れる羽美奈たちと教室を出る。暖かさの欠片《かけら》もない廊下を歩いて更衣室に入り、ロッカーに荷物を置いて、ブレザーを脱ぐ。

隣では、羽美奈が体育に対する不満をいくつも並べている。私は適当に相づちを打ちながら、ブラウスのボタンを外す。

「葉月。それ、もらったの？」

全部ボタンを外してブラウスを脱ぎかけたところで、羽美奈から声をかけられる。

それ、がなにを指しているのかはすぐにわかった。もらった、なんて羽美奈から言われそうなものはペンダント以外にない。

「それって？」

気がつかない振りをして言う。

宮城《みやぎ》の『絶対に私以外に見せないようにして』という命令を律儀《りちぎ》に守るつもりはなかっ

た。でも、見つかったら面倒なことになりそうで、羽美奈の目を避けてはいた。今日は寝不足というわけでも疲れていたわけでもないけれど、夢のことが頭にあって油断した。

隣に視線をやると、羽美奈が面白いおもちゃを見つけた子どものような顔をしている。

確実に面倒なヤツだ。

「これ」

羽美奈がペンダントに手を伸ばしてくる。

私は思わずその手を払《はら》い除《の》けようとして、思いとどまる。

ここで手を払い除けたりなんかしたらおかしい。

余計、面倒なことになる。

「もしかしなくても彼氏からもらったでしょ」

ぴたっと指先がチェーンに触れる。

人の手なんて誰の手でもそうかわりがなくて、温度も感触も、昨日、自分でチェーンを触ったときと変わらない。でも、驚くくらい指先が馴染《なじ》まなかった。今まで羽美奈の手に対してなにかを思うことはなかったが、触られたくない。

「だから彼氏はいないって」

軽く言って、ふざけたように羽美奈の手を軽く叩《たた》く。えー、と大げさに驚いたような声を出した羽美奈の手が離れ、私は急いでブラウスを脱いで体操服を着る。

「葉月《はづき》って、今まで学校でそういうのつけたりしなかったじゃん。彼氏からもらったんじゃないの？」

「いたらもらえるかもしれないけど、いない彼氏からはもらえないでしょ」

「じゃあ、それ誰からのプレゼントなわけ？」

「もらってないから。麻理子《まりこ》、なんとか言ってよ」

羽美奈の隣で着替えている麻理子に助けを求めると、彼女はにやりと笑った。

「いや、もらったでしょ。今までつけてこなかった物をつけてきたってことは、そういうことに決まってる」

助ける気がまったくない麻理子の声に、羽美奈が勢いよく続ける。

「やっぱり麻理子もそう思うでしょ。大体、葉月の趣味じゃないじゃん」

「そうそう。確か、チェーン長いの好きじゃないでしょ」

麻理子に声をかけたのは失敗だった。形勢が不利になりすぎて、逆転が難しそうな状況に追い込まれている。彼女たちの言葉はどれもほぼ事実で、言い訳をすればするほど状況が悪くなる。

私は学校ではアクセサリーをつけないし、チェーンは長いよりも短い方が好きだ。今つけているペンダントは、宮城からもらったものじゃなかったらつけたりしないタイプのものので間違いはない。

「教えなよ。相手、誰？　同じ学校？」

羽美奈が私の体操服を引っ張ってくる。

「あーもう。これ、願掛けだから」

彼女たちを納得させることができる言葉が思い浮かばず、私は大雑把に理由をでっち上げた。

「願掛け？」

麻理子が疑いの目を向けてくる。

「そう。受験生らしく合格しますようにって。チェーン短いと学校で目立つしさ、ちょっと長めのにしたの」

「で、誰からもらったの？」

羽美奈が不自然なほどの笑顔とともに問いかけてくる。

「ほんとだから」

「今日の葉月、言い訳が雑すぎるでしょ」

麻理子が言って、「言えば楽になるのに」と羽美奈が続けた。

「そんなことより、そろそろ行かないと遅刻するよ」

面倒になって、私は言い訳という言葉を否定せずに更衣室を後にする。すると、後ろから「逃げた」と楽しそうな羽美奈の声が聞こえてきた。

二人のことは嫌いではないけれど、すべてを彼氏に結びつけようとするところは苦手だ。

私は、体操服の上からペンダントに触れる。

宮城は、どうしてこのペンダントを選んだんだろう。

宮城の部屋で二つ外しているブラウスのボタンを一つ留めたら見えない程度の長さが彼女にとって丁度良かっただけなのか、それとも少しは私に似合うと思ってくれたのか気になる。

「体育館、さむっ。やっぱりサボれば良かった」

先生が聞いたら怒りそうな羽美奈の台詞《せりふ》が聞こえて、ペンダントの上に置いた手を離す。

私たちの関係は綻びかけている。

学校で痕跡が見つかり始め、お互いに去年はしなかったことをしている。それでも、卒業式までに私たちの関係が誰かに知られることはないだろうと思う。けれど、卒業式までに私たちがどうなるのかはわからない。

今日は宮城に会いたくない。

夢を見た日に宮城に会うのは悪いことをしたみたいでなんだか少し気が引けるし、羽美奈たちのせいで気持ちが上がらない。

でも、宮城はこんな日に限って連絡してくる。

だから、体育の授業を終えて見たスマホに、宮城からのいつものメッセージが届いていたことに驚きはなかった。

◇◇◇

宮城の部屋は、エアコンが入っているせいか、ブレザーを脱いでも少し暑い。

それでも寒さに震える体育よりはマシで、私はブラウスの二つ目のボタンを外す。

指先に宮城の視線が纏《まと》わりつく。

もう一つ外してと言われるかと思ったら、彼女はなにも言わずに麦茶とサイダーを持ってきて、参考書や問題集を並べたテーブルの隙間にそれを置き、隣に座った。

命令はしてこない。

宮城は、静かに問題集へ視線を落とす。

ペンダントは確かめないらしく、少しほっとする。

今日は、宮城から触られたくない。

夢と感覚がリンクしそうで嫌だ。

でも、今そう思っているのは私だけで、宮城はなにも思っていないはずだ。すべて私の問題で宮城には関係がない。

私は頭の中から夢を追い払って、参考書を一ページめくる。

なにかあってもなにもない顔をしているくらいなんでもない。

麦茶を一口飲んで、ペンを持つ。

参考書ではなく隣を見ると、宮城が小さな声で言った。

「仙台《せんだい》さん、もしも……」

自分から話しかけたくせに言葉はそこで途切れて、待っても続きが聞こえてきたりはしない。会話の卵がかえることなく息絶えてしまうのは、あまりにも気持ちが悪い。だから、先を促すように「もしも？」と問いかけると、宮城が重い口を開いた。

「もしも、なんだけど」

「うん」

「……私が仙台さんと同じ大学を受けて合格して、同じ大学に通うようになったらなにするつもりだったの？」

さして興味のなさそうな声で宮城が言う。

参考書を見たままで顔を上げないから、頬に髪がかかっていて表情はよくわからない。手元のノートを見れば、落ち着かないのか意味のない線がいくつも引かれていた。

「この前、言ったこと覚えてない？　一緒にご飯食べたら、楽しそうじゃないって言ったと思うけど」

同じ大学に行けたら。

そう思っているのは事実だけれど、宮城としたいことをはっきりと考えたことはなかった。一緒にご飯を食べるなんて今でもしていること以外、明確なビジョンがあったわけではない。

大学生になったら急に宮城が素直になって一緒に街を歩いたり、遊びに行ったりしてくれるなんて都合のいい想像は無意味だ。なにか考えたところでそれは叶《かな》いそうにない。宮城がしそうなことなんて、私を遠ざけようとするくらいのものだと思う。

「近くの大学だったら？」

どれくらいの確率かは知らないけれど、近くの大学を受けるかもしれない宮城が声色を変えずに言って顔を上げる。

「まあ、一緒にご飯食べる感じ？」

「同じじゃん。それしかないの？」

「それくらいしかすることないし。それ以外になにかしたっていいけど、宮城はどうせ友だちじゃないからしないって言うでしょ」

宮城の言いそうなことは大体予想できる。そして、先回りして彼女の台詞を奪ったらなにも言わなくなってしまうことも予想できていて、それは当たっていた。

案の定、宮城はなにも言わない。

私は、テーブルの上に置かれている彼女の手を握る。

ぎゅっと握ったわけではないが、宮城の手がぴくりと小さく反応する。けれど、それだけで怒ったりはしなかった。

今朝見た夢の気まずさが罪悪感を刺激するが、手を離したいとは思わない。

夢を見たから宮城に触りたくなったのか、宮城だから触りたくなったのか判然としないまま、指先を撫《な》でて、指の間に自分の指を滑り込ませる。柔らかくして、少ししっとりしていて、気持ちがいい。

こうして宮城に触れていると、手だけではなくもっと宮城に触れたくなる。宮城も私と同じ夢を見たことがあるのか知りたくなる。

宮城の手を強く握る。

手は握り返されない。

それどころか、逃げ出そうとする。

「仙台さん、勉強できないんだけど」

宮城《みやぎ》から触られたくない。

確かにそう思っていたのに、今はそんな気持ちがあったなんて思えなくなっている。宮城からではなく自分からだったらいいのかもしれないし、そうではないのかもしれない。よくわからないけれど、彼女に触れていたくて逃げようとする手を摑まえ続ける。

「大丈夫。私もできないから」

「大丈夫じゃないじゃん。……こんなことして面白い？」

宮城が不満そうな顔をする。

「わりと」

「私の手なんか握ったって面白くないと思うけど」

言いたいことはわからなくもない。

私もどうして手なんか握って楽しいのかわからない。それでも、宮城に触れたいのだから仕方がないと思う。

「面白いか面白くないかは私が決めることだし、ここで宮城以外の人の手握ってたら怖いでしょ。宮城、夜眠れなくなるよ」

「変なこと言わないでよ」

宮城が眉間に皺《しわ》を寄せて、私の手から逃げ出す。そして、露骨に嫌な顔をしたまま床に置いてあったティッシュの箱を掴んだ。

「これの手でも握ってれば」

私はワニのカバーがついた箱を押しつけられて、手を繋《つな》ぎたいわけでもないワニと握手を交わすことになる。

握るには物足りない短い手をしたワニは、宮城に比べると随分と柔らかい。体温はないが冷たいわけではないからそれほど触り心地は悪くないけれど、手を握っていても面白くはなかった。

私よりもこの部屋に長くいるワニは、気に入られているのか汚れ一つない。随分と乱暴な扱いを受けているところも見ているが、綺麗《きれい》なままだ。

私も邪険にされるよりは、この程度には大事にされたいと思う。

「楽しい？」

ワニを抱えている私を見て、宮城が素っ気なく言う。

「それほどでもないかな」

私は持ち主よりも素直そうな顔をしたワニの鼻先をひと撫でして、そこに唇をつける。

体温のないワニは、宮城の唇とは違ってキスをしても面白くはない。これが宮城だったらいいのにと思う。それくらい私は夢に引きずられている。

「そういうことしないでよ」

そう言うと宮城は、自分で私に押しつけたワニの尻尾を摑んで奪っていく。

「いいじゃん。ワニにキスするくらい」

「良くない」

「宮城、冷たいよね。呼び出しても来ないしさ」

私は宮城に抱えられたワニの頭をぽんっと叩《たた》いて、麦茶を飲む。

音楽準備室での一件の後、もう少し詳しく言えば今から一週間ほど前、私はもう一度学校で宮城を呼び出した。けれど、彼女は音楽準備室に来なかった。

呼び出しに応じなかった理由は教えてくれなかったが、想像はできる。

きっと、この前出した交換条件がまずかった。

妙に用心深い宮城は、私が触る以上のなにかをするかもしれないと警戒して呼び出しに応じなかったに違いない。

「それ、この前も話したよね。大体、呼んでも行かないって言ったじゃん」

宮城が面倒くさそうに言う。

彼女とこの話をするのは初めてではないから、うんざりした顔をするのもわかる。

「そうだけど、来るつもりがないならもっと早く連絡してよ」

音楽準備室に宮城が来なかった日、十分もしないうちに連絡が来たから遅いと文句を言うほどではなかったし、来ないだろうとも思っていた。それでも文句はいくら言っても言い足りない。

「早めに連絡した。それに、交換条件出されるのもやだし」

宮城は私が予想した通りの答えを口にする。

「私が宮城にしたことは、たいしたことじゃなかったと思うけど」

「今度はたいしたことあるかもしれないし」

「ないって」

下心がないとは言わないけれど、宮城が本気で嫌がることなんてするわけがない。

でも、そんなことを言っても信じてもらえないほどに信用がないことはわかっているし、今は宮城にもっと触れたくて信用を失うようなことをしたいと思っている。けれど、これ以上信用を無くしたら手に触れることすらできなくなりそうで、私は宮城の腕の中にいるワニの頭を撫でた。

「……じゃあ、呼び出してなにしようと思ったの？」

宮城がぼそりと言う。

「決めてなかったけど。そうだなあ。名前で呼んでもらうとか」

私は、返事がわかっていながらちょっとした希望を口にする。

「名前？」

「そう。葉月《はづき》って」

このまま順調にいけば親が望んでいた大学ではないけれど、私がほしかった立場〝大学生〟が手に入る。家族から離れて暮らすことができる。

でも、それだけだ。

自分でも傲慢だとは思うけれど、同じ大学に行くとも近くの大学に行くとも言わない宮城を少しだけでも変えたい。

――たとえば、葉月と呼んでくれる宮城に。

小さな変化が大きな変化に繋がればと思う。

「呼ばない」

「一回くらい呼びなよ」

即答されることは想定の範囲内で、一回くらいと条件をつけても無駄なことも想定の範

囲内だ。それでも口にすることくらいは許されるだろうから、期待をせずに宮城を見る。

視線が合って、すぐに外される。

宮城がうつむく。

そして、ぼそりと言った。

「葉月、なんて呼ばない」

まあ、一応。

微妙なラインではあるけれど。

名前を呼んだということにしてもいいのかもしれない。

朝、最低に近かった気分も随分と和らいでいる。

宮城からワニを奪って彼女の手を握ると、今度は柔らかく握り返された。

あとがき

「週に一度クラスメイトを買う話」３巻を手に取ってくださり、ありがとうございます。

本作は、ウェブ連載小説に加筆修正、書き下ろしを加え、書籍化したものです。

今回もＵ３５先生が描いてくださった宮城《みやぎ》と仙台《せんだい》とともに３巻が発売されることになりました。

そんな３巻発売までにお知らせしたい出来事がありました。

〝このラノ〟こと『このライトノベルがすごい！２０２４』（宝島社刊）に、「週に一度クラスメイトを買う話」がランクインしました。なんと――。

文庫部門九位！　新作部門七位！

応援してくださった皆様、本当にありがとうございます！

皆様のおかげでランクインすることができました。

そして、いつも素敵なイラストを描いてくださるＵ３５先生、担当編集様、本作にかかわってくださった多くの皆様に心より感謝いたします。

しかし、十位以内に入るとは思っていなかったので驚きました。あまりの嬉《うれ》しさに美味《おい》しいものをたらふく食べてしまい、脂肪貯金が捗《はかど》るという出来事がありましたが、今年は週クラのおかげで幸せいっぱいです。

さて、その幸せの一つ。

2巻の発売に合わせてPVが公開され、宮城と仙台に声がつきました。

これも幸せ&驚きの出来事でした。いつか二人に声がついたらいいなと思っていたのですが、まさかこんなに早く実現するとは……。台本の台詞《せりふ》についてもたくさんお願いを聞いていただけたので幸せが倍に！

しかも、宮城をLynn《りん》さん、仙台を市ノ瀬加那《いちのせかな》さんに演じていただけることになるとは思っていませんでした。宮城の声については希望という形で、担当編集さんにLynnさん含め数名の声優さんのお名前を伝え、決定までドキドキしながら過ごしていました。そして、Lynnさんに理想通りの宮城を演じていただくことができました。仙台の声も希望は伝えたものの、私の中で仙台の声のイメージがかたまっていなかったのですが、今回市ノ瀬さんに「これが仙台だ！」という声で演じていただくことができ、とても嬉しく思っています。

Ｌｙｎｎさん、市ノ瀬さん、本当にありがとうございました。宮城も仙台もイメージ通りの声で耳が幸せです。あまりにもぴったりだったので、またお二人の声を聞くことができる機会があったらいいなと思っています。

３巻発売までにほかにもいろいろありましたが、書き下ろしの幕間《まくあい》と番外編についてもちょろっと（ネタバレになりますので読んでいない方はこの先は飛ばしてください）。

番外編「仙台さんには似合わない」は、どこかのタイミングで書きたいと思っていたネックレスを買いに行く宮城の話です。あのネックレスがどういう経緯で買われることになったのかがわかるお話になっているので、宮城の面倒くささを感じていただければと思います。幕間「宮城がいる部屋」は、第５話「仙台さんは我《わ》が儘《まま》だ」の仙台視点です。ウェブではあまり触れてこなかった仙台の家庭環境がほんの少しわかるお話になっています。

などと書き連ねているうちに、いい感じのページ数になったようです。

最後になりましたが、もう一度お礼を。３巻を読んでくださった皆様、ウェブで応援をしてくださった皆様、Ｕ３５先生、担当編集様、様々な形で本作にかかわってくださった皆様。多くの方々に心より感謝いたします。そして、友人Ｎに感謝を。毎回助けてくれてありがとう！

それでは、また4巻のあとがきでお会いできたら嬉しいです。

羽田宇佐

番外編　仙台《せんだい》さんには似合わない

あのときは仙台さんに似合うと思った。

でも、あれから時間が経《た》った今はわからない。

文化祭の準備で買い出しを頼まれたあの日、ショッピングモールで見たネックレスが私の記憶容量の一部を奪い、今日まで消えずにいる。それなのに、仙台さんがそれを身に着けている姿が想像できずにいる。

私は誰もいない部屋で　宿題を並べたテーブルに突っ伏す。

頭の中からネックレスを追い出したいと思う。

たかがネックレスのくせに、頭の片隅に居座り続けるなんて生意気すぎる。普段は忘れているのに、勉強の合間や寝る前に蘇《よみがえ》ってくるなんてゾンビみたいでたちが悪い。

——シルバーのチェーンに小さな飾りがぶら下がったネックレス。

それは使いっ走りの役目を果たし、買い出しの荷物を持って歩いているときに目に入った。正確に言えば、目に飛び込んできた。それが置いてあったお店は私には似合わない雑貨屋で、普段は通り過ぎるだけで足を踏み入れたことはなかったけれど、あの日は違った。いつもは通り過ぎるお店の前で足を止めてしまった。

運命的な出会いだなんて思わないけれど、月を象《かたど》ったそれから目を離せず、仙台さんと結びついた。

似合いそう。

そんな馬鹿げた考えが浮かんだり消えたりしているうちに文化祭が終わり、あのお店にあのネックレスがあるのかどうかもわからなくなっている。けれど、頭は記憶から消すことを拒むようにネックレスの映像をときどき再生している。

たぶん、記憶からネックレスを消去する方法は一つだ。

お店に存在しない。

要するに〝売り切れている〟という事実を確かめることができたらいい。ないものは買うことができないのだから、記憶からなくすことができる。

私は顔を上げ、教科書を閉じて、テーブルの上に置いたスマホを手に取る。

宿題を始めてから一時間も経っていない。

今なら間に合う。

ショッピングモールはまだ営業している。

今日は仙台さんを呼び出していないから時間ならあるし、宿題は帰ってきてからやっても間に合う。お店にネックレスが存在しないことを確かめに行くなんて簡単なことだ。

そう、絶対にネックレスは売り切れている。

文化祭の準備で買い出しに行った日から、時間が経っている。まだ売っているわけがない。普通なら売っていないことを確かめに行くなんて無駄でしかないけれど、私にとっては売っていないことが重要なのだから意味がある。

ないであろうものに思考を奪われ続けるよりはマシだし、なければすっきりする。売っていたら、そのときどうするのか考えればいい。どういう結果になっても、もう終わってしまった文化祭よりも前に見たものに囚《とら》われ続けるよりはいいはずだ。

カーテンを開けると窓の外は暗くなりかけていて、カーディガンを着る。

なにかあったら困るから、一応鞄《かばん》に財布を入れて家を出る。

ショッピングモールへ行くには少し遅い時間だけれど、ゆっくり歩く。

急いで行っても仕方ない。

私は、売り切れているかどうかを確かめたいだけだ。ネックレスは私にとって必要なものじゃないし、仙台さんにとっても必要なものじゃない。だから、慌てる必要なんてどこにもない。

薄暗い街を歩き、文化祭の準備で買い出しに行ったときのようにショッピングモールの中へ入り、あのネックレスがあったお店へ向かう。

不自然なくらいゆっくりと、一歩一歩、歩いて、近づいて、あのネックレスがあった場所へ行く。

「……おかしいじゃん」

ネックレスは売り切れていなきゃいけない。

私が買う余地があっていいわけがないのだけれど、何故《なぜ》かそこに存在していた。

浮かばなくていい言葉が浮かぶ。

どうしよう。

迷うつもりはなかったのに私は迷う。

財布には、ネックレスを買うだけのお金はある。

なければ諦めてすっきりできたはずなのに、まだ売っているから買ってもいいのかもしれないなんて気持ちが生まれている。それには理由があって、このまま買わずに帰ったら、またネックレスのことを考え続ける日々に戻ることになるからだ。

こういうことは何度もあることじゃない。

仙台さんがつけるアクセサリーを私が買うなんて、おそらくこの一回が最後だ。

この先絶対にないことなのだから、この一回くらい許してもいいような気がする。それに、買ったものを仙台さんに渡すかどうかは別の問題だ。買ったからといって誰かに渡さなければいけないという決まりはないのだから、自分で使ってもいい。

私はネックレスに手を伸ばし、すぐに引っ込める。

息を小さく吐く。

これは彼女に似合うから買うんじゃない。

彼女ならきっとどんなものでも似合う。安いアクセサリーでも高いものに見えるだろうし、私がつけたらダサく見えるものも格好良く見えるはずだ。

そんな彼女に渡すものなら、デザインなんてどうでもいい。

これは、私たちの関係をはっきりさせるアイテムとして買うだけだ。

最近の仙台さんは調子に乗りすぎている。

学校で私を呼び出したり、キスしたり。

ルールを守ろうとしない。

それどころか破ることが当たり前だと思っているように見える。夏休みがルールを有耶《うや》無耶《むや》にした大きな原因ではあるけれど、あれから一ヶ月以上が経ったのだから軌道は修正するべきだ。

ネックレスという名の鎖で仙台さんを縛ることで、〝命令〟するのはどちらなのかをわからせる。彼女に、私たちが同じ時間を過ごすには五千円が必要だということを思い出させたほうがいい。

形があって、いつでも身に着けておけるネックレスは、そういうアイテムにぴったりだ。ピアスのように体に跡が残るものではないけれど、卒業式くらいまで彼女を縛り付けておけるし、買ってしまえばネックレスのことを考え続ける日々に戻ることもない。

私は、シルバーのチェーンに小さな飾りがぶら下がったネックレスを手に取る。

お店の中は可愛《かわい》いものや綺麗《きれい》なものがいっぱいあって、レジへ行きにくい。舞香《まいか》と亜美《あみ》がここにいればと思うけれど、普段身に着けることがないアクセサリーなんてものを買うところを二人に見られたら、好奇心を刺激して根掘り葉掘り聞かれることになる。

大丈夫。

お金を払えば買えるのだから、カップラーメンを買うのとそう変わらない。私はえいっと足を踏み出して、ネックレスをレジへ持って行く。早くこの場から立ち去りたいのに、ラッピングをどうするかなんてどうでもいいことを聞かれて迷う。これはプレゼントじゃない。でも、渡すならプレゼントとして渡す以外の選択肢がなさそうで、リボンや包装紙を選んでお金を払う。

私はお店を出て、ショッピングモールを出て、街へ出る。

薄暗かった空は完全に黒に塗られていて、歩道は街灯に照らされている。

ゆっくりと歩いてきた道をのろのろと歩く。

空が明るい時間には感じなかったけれど、肌寒い。

夏が終わって秋の真《ま》っ只中《ただなか》。

昼は未練たらしく夏の名残を感じさせるけれど、夜は夏の欠片《かけら》も感じない。季節は巡り、夏が来た後は秋が来て、冬が来る。そして、冬が来れば卒業式がある春が来る。いつまでも秋の世界で生きることはできない。

ただでさえ遅い歩くスピードが落ちる。

買ったばかりの小さな箱の中身は、私たちを卒業式まで繋《つな》ぐものになる予定だ。

それ以上でもそれ以下でもない。

卒業式が来れば、道は分かれ、交わらない。

違う大学へ行くということは、そういうことだ。日々は重なることがなくなり、お互いが薄く掠《かす》れてなくなって、記憶も抜け落ちる。

それが当然だし、そうなるべきだと思う。

大学へは行く。勉強もするけれど、勉強したからといって仙台さんと同じ大学に行けるとは思えない。そもそも同じ大学へ行くことは考えていなかった。

私はこれからも仙台さんとの記憶にラベルを貼りたくないし、未来は変えるべきじゃない。

決めたことを守る。

ネックレスは、五千円を補強するだけの意味しかもたせない。

それでいいと思う。

私たちにはそれくらいが丁度良い。

でも、買った理由があっても、買ったものを渡す理由がない。

仙台さんが私の部屋に来るようになった二年生の七月から、三年生の文化祭まで時間が巡っても、私はネックレスを渡す理由になりそうな彼女の誕生日を知らない。

足をゆっくり、ゆっくりと前へ進める。

重たいものなんて入っていないのに鞄が重い。

買わなきゃ良かったな。

ため息が出そうになる。

私は軽くて重い鞄をぶんっと振った。

次回予告

五千円で結ばれた関係にやがて訪れる期限。
命令する権利も、一緒に過ごす理由も、
その時が来たら全部なくなってしまう。
まだ慌てなくていい。時間はある。
でも、いつまでも向き合わずにいられる訳じゃない。

もうすぐ**卒業**なのだから。

お便りはこちらまで
〒一〇二－八一七七
ファンタジア文庫編集部気付
羽田宇佐（様）宛
U35（様）宛